Hans-Jürgen Soll

Drohnenfluch

Bibliografische Information der Deutschen Nationalbibliothek:

Die Deutsche Nationalbibliothek verzeichnet diese Publikation in der Deutschen Nationalbibliografie; detaillierte bibliografische Daten sind im Internet über http://dnb.dnb.de abrufbar.

Herstellung und Verlag: BoD – Books on Demand, Norderstedt

ISBN: 978-3-7460-1686-3

Prolog

Marc hatte bereits zwei große Wodka getrunken und saß jetzt mit einer Flasche Bier vor seinem Laptop. Er hatte Microsoft Word geöffnet, aber noch nichts in das leere Dokument getippt. Er war noch zu sehr in seinen Gedanken verfangen.

Früher kannte Marc Verbrechen, Krieg und Spionage nur aus dem Fernsehen. Ja, so etwas gab es, aber nie im Traum würde er damit etwas zu tun haben. Man musste doch merken, wenn so etwas auf einen zukam und dann rechtzeitig reagieren. - Wie naiv war er doch damals gewesen. Die Dinge hatten sich so schleichend entwickelt, und bevor er es so richtig gewahr wurde, war er schon darin verwickelt und wenig später mitten darin gewesen.

Über das, was er damals erlebt hatte, hat er niemals mit Freunden oder Verwandten gesprochen. Glauben würden sie ihm das sowieso nicht, und ihn nur als Spinner abtun. Aber er hatte inzwischen das dringende Bedürfnis für sich zu dokumentieren, was damals geschehen war. Und vielleicht würden seine Kinder es eines Tages lesen und ihn dann besser verstehen. Denn das, was damals geschehen war, hatte natürlich Spuren in seiner Psyche und in seinem Charakter hinterlassen. Er bedauerte, dass er damals kein Tagebuch geführt hatte, denn dann wäre alles völlig authentisch erfasst gewesen. Wenn er es jetzt im Nachhinein aufschrieb, dann gab es zwei Probleme: Erstens wusste er die genaue zeitlich Zuordnung der Geschehnisse nicht mehr. Das war zwar nicht schön, sollte aber keine größeren Auswirkungen haben. Viel schwerer wog hingegen, dass er jetzt alles aus der Rückschau betrachtete, und da kannte er natürlich Zusammenhänge und Erkenntnisse, die er zum damaligen Zeitpunkt nicht gehabt hatte. So etwas konnte natürlich alles verfälschen. Also musste er dringend versuchen, jeweils das aktuelle Wissen zu verdrängen und sich in die Situation zum entsprechenden Zeitpunkt versetzen. Das würde zwar schwierig sein, aber es war der einzige Weg das Geschehene authentisch zu schildern.

Marc trank noch einen Schluck Bier, dann wählte er das Format ‚Überschrift 1' aus und tippte „Kapitel 1 – Der Beginn" ein. So, jetzt musste er schildern, wie alles angefangen hatte. Ja, aber wann hatte eigentlich alles begonnen, oder besser gesagt womit? Wo begann sein Weg vom üblichen abzuweichen? Marc trank noch einen großen Schluck Bier. Es würde sehr schwierig werden, das damals Geschehene niederzuschreiben. Aber egal wie schwierig, er wollte da durch.

November 2017, Hans-Jürgen Soll

Kapitel 1 – Der Beginn

Ich sah, wie das Seil sich langsam straffte.

„Ich bin aus allem raus", sagte Heiner, der hinter mir saß. „Ich greife nur im Notfall ein. Du wirst das sicher noch können."

Ich freute mich, dass Heiner mein Fluglehrer war, denn ich kannte ihn noch gut aus meiner aktiven Zeit beim Hamburger Segelflugverein in Boberg. Und obwohl Heiner schon weit über achtzig war, war er immer noch extrem gut drauf und schien das Fliegen immer noch so sehr zu genießen wie früher.

Als das Seil straff war, beschleunigte das Segelflugzeug, so dass ich nach hinten gedrückt wurde und hob dann nach wenigen Metern ab. Ich war vor dem Start etwas verkrampft gewesen, weil ich schließlich seit über drei Jahren nicht mehr geflogen war, aber in dem Augenblick, wo das Flugzeug abhob, fühlte ich mich wieder zuhause. Ich achtete darauf, dass der Steigwinkel anfangs nicht zu steil war. Bei 50 Metern ging ich dann in die normale Steigfluglage über. Bei rund 600 Metern klinkte das Segelflugzeug schließlich aus. Ich drehte nach links ab und trimmte es aus.

„Warum hast du eigentlich damals mit die Fliegen aufgehört?", fragte Heiner hinter mir.

„Ich habe es zeitlich nicht mehr auf die Reihe gebracht und mein Studium war mir wichtiger."

„Trotzdem schade."

Natürlich hatte Heiner recht. Es war nicht nur schade, zumal ich erfolgreich an mehreren Wettbewerben teilgenommen hatte. Es war anfangs für mich schon fast ein Desaster gewesen, denn Fliegen war für mich immer ein Ausgleich zu Stress gewesen, es war meine Art zu entspannen. Als ich dann aufgrund des Studiums und einiger anderer Gründe aufgehört hatte, war ich in ein tiefes schwarzes Loch gefallen und es hatte einige Zeit gedauert, bis bei mir wieder alles normal lief.

Aber in diesem Moment genoss ich das Fliegen. Ganz automatisch kreiste ich in die heute schwachen Thermikbärte ein, während ich mir draußen die Landschaft anschaute. Seit damals war ein weiteres Neubaugebiet hinzugekommen.

„Viel wird es bei dem bisschen Thermik wohl nicht werden", sagte Heiner, wohl mehr zu sich selbst als zu mir. Und natürlich hatte er recht. Schon nach eine Viertelstunde war ich so niedrig, dass ich mit dem Landeanflug beginnen musste. Als ich im Endanflug auf das Lande-T zusteuerte, sah ich Maria in ihrem hellblauen Kleid neben dem Startbus stehen.

„Konzentriere dich lieber auf die Landung", sagte ich zu mir selbst. Dann fing ich das Segelflugzeug ab, es setzte sanft auf und holperte danach noch ein Stück über die Wiese, bis es zum Stillstand kam.

„Ich habe nichts gemacht", sagte Heiner, „das warst du ganz alleine, und es war sogar eine ausgezeichnete Landung."

Während ich ausstieg, kam Maria auf mich zugelaufen.

„Na, wie war es gewesen?", fragte sie.

In meinem Glücksrausch drückte ich sie fest an mich und knutschte sie ab. Ich war so glücklich und ihr so dankbar, dass sie mir diesen Flug geschenkt und alles heimlich arrangiert hatte. Noch vor einer Stunde hatte ich nicht gewusst, wo sie mit mir hinfahren wollte.

„Nun erdrücke sie doch nicht gleich," sagte Heiner grinsend.

Am nächsten Morgen kam dann der Kater. Maria hatte es mit dem Flug gut gemeint, und ich war dabei auch sehr glücklich gewesen. Aber inzwischen war mir wieder klar geworden, was mir in meinem Leben seit drei Jahren gefehlt hatte. Aber ohne geregelte Zukunft und ohne Geld war da wohl nichts zu machen. Und obwohl ich mich nach der Promotion sehr um eine Stelle bemüht hatte, schluss-endlich hatte es bisher nicht geklappt. Selbst, wenn ich eine Stelle bekäme, wäre sie dann auch in einer Stadt mit einem passenden Segelflugverein?

Marias Vater hatte mir angeboten vorübergehend in seiner Firma zu arbeiten, aber ich hatte abgelehnt, weil ich mich noch nicht so fest an Maria und ihre Familie binden wollte. Inzwischen überlegte ich schon, ob das vielleicht nicht doch eine Lösung wäre ….

Kapitel 2 - Klassentreffen

„Ach Scheiße, warum bin ich nur hierher gekommen?", fragte ich mich selber und trank noch einen großen Schluck Bier. Ich hasste Klassentreffen. Seit nunmehr sechs Jahren treffen wir uns Anfang September in der ‚Factory', einem Restaurant im ehemaligen Bahnhofsgebäude des S-Bahnhofs Hasselbrook. Das Gebäude aus dem Ende des 19. Jahrhundert hat eine gemütliche Atmosphäre, und das Bier dort ist wirklich gut. Was ich aber überhaupt nicht ab kann, dass sind die flachen Gespräche, die ausschließlich in die Vergangenheit gerichtet sind: „Kannst du dich noch an den erinnern?" oder „Weißt du noch?" oder „Hatte der nicht damals?" - Sorry, aber mir hängt das zu Hals heraus. Also trank ich lieber mein Bier ohne viel zu reden und insbesondere ohne viel zuzuhören.Trotzdem bekam ich zwangsweise so einiges mit.

Mir schräg gegenüber saß Hendrik. Er war niederländischer Herkunft, ein ruhiger Typ, und in der Klasse nie besonders aufgefallen. Ich wusste, dass er bei der Bundeswehr in der Cyberabwehr arbeitete. Jetzt saß auch er relativ still dort und beobachte mich wohl eine Zeitlang. Plötzlich schob er sein Bier ein Stück nach rechts und rutschte dann selbst ein Stück zu Seite, so dass es mir gegenüber saß.

„Sag `mal", sprach er mich an, „du hast dich doch mit künstlicher Intelligenz beschäftigt und fliegst auch?"

„Ich habe meine Promotion über KI geschrieben", antwortete ich, „aber mit dem Segelfliegen habe ich inzwischen aufgehört, obwohl ich es gerne wieder machen möchte." Dabei musste ich an den wundervollen Flug denken, den Maria mir geschenkt hatte.

„Und warum machst du es nicht ganz einfach?"

„Weil ich erst wieder in stabile Verhältnisse kommen muss. Ich habe meine Promotion beendet und immer noch keinen Job. Ich weiß ja nicht einmal, in welchem Land ich zukünftig arbeiten werde." Dabei fragte ich mich, wann ich endlich wieder in der Informatik arbeiten würde. Zurzeit hielt ich mich an der Kasse bei Kaufland über Wasser.

„Das ist ein seltsamer Zufall", sprach Hendrik mit ernstem Gesicht, „mich hat letzte Woche jemand angesprochen, der einen Informatiker sucht, der über ausgezeichnete Kenntnisse bezüglich künstlicher Intelligenz verfügt und der auch selber fliegen kann. Ich habe ja eine sehr gute Stelle, aber hast du nicht vielleicht Interesse daran?" Ohne eine Antwort abzuwarten, zog er einen kleinen Zettel aus der Tasche seiner Weste und schob ihn zu mir hinüber. „Hier habe ich die Telefonnummer. Ruf doch einfach einmal an. Die zahlen sehr gut."

Ich nickte und steckte den Zettel in meine Hosentasche. Meine Laune wurde deutlich besser, denn das könnte die Lösung aller meiner Probleme sein. Aber erst einmal musste ich den Rest des Abends hinter mich bringen.

Hendrik nickte mir noch einmal zu und rutsche dann noch ein kleines Stück weiter, so dass er Thomas gegenüber saß. Thomas hatte nicht, wie fast alle aus unserer Klasse studiert, sonder arbeitete in einem Laden, der Modelleisenbahnen verkaufte. Er hatte sich damit einen Lebenstraum erfüllt. Irgendwie beneidete ich Thomas.

„Sag einmal," sprach mich jemand von einem ganzen Stück weiter links an, auf dessen Namen ich im Moment nicht kam, „kannst du dich noch an den Englischlehrer, Herrn

Göring, erinnern?"

Ich musste an ‚Dinner for One' denken: „Same procedure as last year? - Same procedure as every year ...". Also bestellte ich mir lieber noch ein Bier.

Um Punkt 22:00 Uhr holte Maria mich mit dem Auto ab. Wie verabredet, rief sie mich auf dem Handy an und gab mir so den Grund, dass ich mich absetzen konnte. Ich war sicher, dass die anderen noch die ganze Nacht darüber reden würden, wie es damals alles war, und dabei ein Bier oder Wein nach dem nächsten genießen würden.

Es war gut, dass ich nicht mit den Öffis nach Hause fahren musste. Denn das hätte weit über eine Stunde gedauert und Bier läuft bei mir relativ schnell durch. Deshalb fand ich es großartig, dass Maria sich sofort bereitgefunden hatte, mich vom ‚Besäufnis' abzuholen. Sie war eine großartige Frau und ich würde sie gerne eine Tages heiraten und mit ihr Kinder haben. Sie sah extrem gut aus, war intelligent, hilfsbereit und gab stets gerne ab. Außerdem kam sie aus einem guten Haus und würde sicher etwas Geld mit in die Ehe bringen. Ich konnte mich glücklich schätzen.

Sie wartete mit ihrem roten Mazda Roadster auf dem wenig entfernten Parkplatz auf mich. Nach einem kurzen Kuss setzte ich mich neben sie. Während der Rückfahrt stellte sie einige Fragen über das Klassentreffen und konnte nicht verstehen, dass ich es scheußlich fand. Mit der Zeit konnte ich mich immer weniger auf die Diskussion mit ihr konzentrieren, denn das Bier war schneller als gedacht in der Blase angekommen. Und der Druck wurde immer größer und unangenehmer, und schließlich war der Punkt erreicht, wo ich merkte, dass es nicht mehr ging.

„Kannst du rechts `ranfahren und anhalten?", rief ich nervös.

„Warum denn?", fragte Maria.

„Nun halt endlich an!"

Maria bremste ab und fuhr langsam auf den Bürgersteig. Noch bevor der Wagen vollständig zum Stillstand gekommen war, sprang ich heraus, lief auf das nächstgelegene Grundstück zu, das glücklicherweise mit einer hohen Hecke umgeben war, und presste mich an die Hecke, wobei ich die Hose bereits öffnete, zog ihn heraus und pinkelte los. Die ersten Tropfen waren allerdings schon im Slip gelandet. Aber das war mir egal, Hauptsache nicht in Marias Auto.

„Du Schwein", rief Maria, „hast du denn überhaupt keinen Anstand?"

„Doch, aber ich kann es nicht mehr länger halten und ins Auto wollte ich schließlich auch nicht pinkeln."

„Du hättest dich aber zusammenreißen können. Die wenigen Minuten bis nach Hause hättest du doch noch ausgehalten. Das ist doch peinlich. Was sollen die Leute denken? Wenn dich jemand sieht?"

Die würden denken, dass meine Blase kurz vorm Platzen war, und selbst wenn jemand einen Blick auf meinen Schwanz erhaschen sollte, dann wäre das bei unser aufgeklärten Zeit sicherlich auch kein Beinbruch. - Obwohl mir das auf der Zunge lag, sprach ich es doch lieber nicht aus.

Das war eben die andere Seite von Maria. Sie kam aus einem sehr strenggläubigen und spießbürgerlichen Elternhaus. Da war auch Sex vor der Ehe undenkbar, und ich wusste manchmal nicht, wo ich mit meinem Druck hin sollte. Aber das ist ein ganz anderes Kapitel.

Bei mir zuhause angekommen, wollte ich Maria einen Abschiedskuss geben. Doch sie drehte sich nur weg, und so stieg ich wortlos aus. Dann brauste sie davon.

Als ich endlich im Bett lag, schien sich alles zu drehen und ich hoffte später vergebens, dass ich nicht die Kloschüssel umarmen würde. Dieser Tag war einfach wieder einmal nur Scheiße gewesen, und ich werde Klassentreffen weiter hassen. Ich beschloss, beim nächsten Mal nicht wieder hin zu gehen.

Kapitel 3 – Der Tag danach

„Böööb, böööb, böööb!"

„Scheiße!" - Glücklicherweise habe ich einen Wecker, der selbst Tote aufweckt, andernfalls hätte ich verschlafen. Und ich hatte an dem Samstag doch Frühschicht bei Kaufland. Also katapultierte ich mich schnell aus dem Bett, um mich gleich danach wieder zurück gleiten zu lassen. Mir war total schwindlig geworden. Also versuchte ich erneut aufzustehen, dieses Mal aber ganz langsam. Außer einem recht flauen Gefühl im Magen und starken Kopfschmerzen ging es jetzt. Ich musste versuchen den Tag an der Kasse irgendwie zu überleben.

Als ich mich fertig machte, stieß ich auf einen Zettel in der Hosentasche und als ich den anschaute, viel mir ein, wie ich diesen gestern von Hendrik erhalten hatte. Ich hatte das schon wieder total vergessen. Ja, da sollte ich am Montag unbedingt anrufen. Deshalb klemmte ich den Zettel an den Spiegel. - Mir war damals überhaupt nicht aufgefallen, dass Hendrik diesen Zettel offenbar vorbereitet hatte. War er schon mit der Absicht zum Klassentreffen gegangen, mich entsprechend anzusprechen?

Im Bus viel mir Maria ein. Sie würde bestimmt auf eine Entschuldigung von mir warten. Wenn die nicht kam, dann könnte ich an Vereinsamung sterben, selbst wenn ich ständig direkt neben ihr wäre. Also schickte ich schnell eine zerknirschte SMS und beschloss nach der Arbeit noch etwas Frischgemüse -ich meine natürlich Blümchen- zu besorgen. Das kam bei Maria immer gut an.

Am Montag Vormittag nahm ich dann den Zettel vom Spiegel und betrachtete ihn. Es standen nur ‚A. Kommani' und eine Hamburger Telefonnummer darauf. Ein Job hier in Hamburg wäre gut, dann könnte ich hier wohnen bleiben und bliebe auch in der Nähe von Maria. Aber würde ich den Job überhaupt bekommen? - Also wählte ich die Nummer und Herr Kommani meldete sich sofort. Wir verabredeten einen Termin am nächsten Vormittag bei ihm in der Firma im Industriegebiet Reinbek. Das war ja bei mir in der Nähe. Etwas eigenartig war, dass er mich am Ende des Gespräches nach meinem Namen, meiner Adresse und dem Geburtsdatum fragte. Insbesondere das mit dem Geburtsdatum fand ich damals zwar schon eigenartig, machte mir deswegen aber keine weiteren Sorgen. - Inzwischen bin ich sehr viel sensibler geworden.

Am Dienstag stand ich dann kurz vom 10:00 Uhr vor dem Firmengebäude. Es war ein relativ kleines weißes modernes Haus. Es musste jedem sofort auffallen, dass das Gelände gut gesichert war: hoher Zaun und überall Kameras mit Infrarotscheinwerfern. Abgesehen von einem hübschen Blumenbeet vor der Eingangstür und dem Plattenweg, waren alle Flächen mit kurzem Rasen bewachsen. Ich konnte keine Parkplätze erkennen, was mich aber nicht störte. Ich stand an der Umzäunung an einer kleinen Tür, die geschlossen war. Rechts daneben befand sich ein kleines unscheinbares Schild mit dem Firmennamen ‚Aertoys' sowie eine Sprechanlage mit Videokamera und Klingelknopf.

Nachdem ich geklingelt hatte, meldete sich eine freundliche weibliche Stimme. Als ich mein Anliegen geschildert hatte, wurde die Tür aus der Ferne geöffnet, und ich wurde gebeten, bis zum Eingang des Gebäudes zu gehen. Dort angekommen, war auch diese Tür verschlossen. Doch schon bald näherte sich die ‚Stimme', eine Dame kurz vor dem Rentenalter, öffnete mir und begrüßte mich freundlich. Es war die Sekretärin, die ‚gute Fee' der Firma. Sie führte mich durch das Treppenhaus und einen Gang zum Büro von Herrn Kommani. Alle Räumlichkeiten waren weiß getüncht und es hingen moderne Bilder an den Wänden. Die Sekretärin klopfte kurz an der Bürotür, öffnete diese dann und ließ mich eintreten. Herr Kommani saß in einem großen Büro mit offenbar sehr teuren Möbeln hinter seinem Schreibtisch. Er stand auf und winkte mich zu sich.

„Ah, Herr Brenner", begrüßte er mich mit einem freundlichen Lächeln, „ich freue mich, dass sie die Stelle hier interessiert. Ich bin Aron Kommani, der Boss hier. Bitte nehmen sie doch Platz". Dabei deutete er auf einen bequemen ledernen Bürosessel schräg vor dem Schreibtisch.

Nachdem ich mich gesetzt hatte, schaute ich mir Herrn Kommani genau an. Er sah sehr sportlich aus und seine nicht ganz schlanke Figur lies darauf schließen, dass er gutes Essen liebte. Sein Alter ließ sich schwer schätzen, aber ich vermute, dass es zwischen vierzig und fünfzig liegen müsste. Ich hatte bei unserem Telefonat bei ihm schon einen ganz leichten Akzent vernommen. Insofern passten seine braune Hautfarbe, sein schwarzes Haar, sowie seine dunklen Augen dazu. Er trug eigentlich einen dunkelgrauen Anzug mit Nadelstreifen, die zugehörige Jacke hatte er aber über die Lehne eines Stuhls neben sich gehängt, so dass er mir in weißem Hemd mit dezenter hell-blauer Krawatte gegenüber saß. Durch das Hemd konnte man sehen, dass er ein Unterhemd mit ½ Arm trug. Das mag bei Achselschweiß zwar vorteilhaft sein, aber wenn man keine Jacke trägt, dann sieht das doch völlig uncool aus, genauso wie, wenn bei Frauen ihr Slip durch eine dünne Hose durchscheint und dieser altmodisch ist.

Schließlich beendete ich die wortlose Pause: „Danke. - Und auch vielen Dank, dass ich mich hier vorstellen darf."

„Ich danke, dass sie gekommen sind. Aber jetzt genug der Dankerei. Darf ich ihnen einen Kaffee anbieten? Oder mögen sie lieber einen Tee?"

Dass mir auch Tee angeboten wurde, erfreute mich als ausgesprochenen Teetrinker besonders. - Noch bevor die Sekretärin für mich Tee, und für Herrn Kommani Kaffee servierte, begann Herr Kommani die neugegründete Firma und die für mich vorgesehene Tätigkeit zu erläutern.

Die Firma war klein und bestand aus nur wenigen Mitarbeitern. Aber es sollte sehr finanzstarke Investoren geben, so dass Geld wohl das geringste Problem war. Das Ziel dieser neuen Firma war es, ein autonomes Modellsegelflugzeug zu entwickeln. Es sollte nach dem Start selbstständig fliegen und am Ende neben einer Markierung am Boden landen.

„Das ist großartig", grätschte ich voller Begeisterung dazwischen. „Man könnte als Markierung ein Lande-T, wie bei den echten Segelflugzeugen verwenden. Ach so, sie werden das nicht kennen. Ein Lande-T ist ein international genormtes Bodenzeichen in Form eines ‚T' und markiert die Landerichtung und gegebenenfalls zusätzlich den festgelegten Aufsetzpunkt für die Landung."

„Das mag durchaus sinnvoll sein", sagte Herr Kommani etwas säuerlich, „aber unsere Auftraggeber wollen, dass als Ziel ein zuvor fotografierter Bereich genommen wird. Für die ersten Tests kann ja ein Foto von so einem T verwendet werden."

Mir kam es eigenartig vor, dass bei einem Spielzeug nicht eine einfache Markierung ausreichen sollte, aber ich wollte jetzt nicht weiter nachfragen. Es war sowieso schon ungeschickt von mir, dass ich Herrn Kommani mit einem scheinbar so blöden Vorschlag unterbrochen hatte.

Herr Kommani erzählte noch, dass das Segelflugzeug in geringem Ausmaß über ein Handy steuerbar sein sollte. Außerdem war für später noch eine zweite größere, aber ansonsten nahezu identische Variante geplant. Dann machte Herr Kommani eine Pause und trank etwas Kaffee.

„Ihre Aufgaben werden hauptsächlich der autonome Flug sowie die Bilderkennung für den Landebereich sein", fuhr er schließlich fort. „Zusätzlich sollen sie die anderen Kollegen bei eventuellen Fragen zum Thema Fliegen unterstützen."

Ich nickte, wobei ich versuchte meine helle Begeisterung für dieses Projekt nicht zu deutlich zu zeigen.

„Ja, was sagen Sie denn dazu?", fragte er mich schließlich und schaute mir dabei fest in die Augen. „Könnte ihnen diese Tätigkeit gefallen?"

Wenn das Gehalt halbwegs stimmte, dann war das überhaupt keine Frage. Ein Job in Hamburg, dann noch ganz in der Nähe meiner Wohnung, und etwas mit Segelflugzeugen und künstlicher Intelligenz, was könnte noch besser sein? Natürlich abgesehen von sechs Richtigen im Lotto.

„Auf jeden Fall. Diese Tätigkeit scheint sehr interessant zu sein und vereinigt auch alle meinen Interessen."

Herr Kommani grinste: „Das habe ich mir schon gedacht.

Das Bruttogehalt beträgt 8000,- € und wenn das Projekt gute Fortschritte macht, dann gibt es noch zusätzliche Prämien. Ihre Arbeitszeit können sie frei einteilen. Ich gehe aber davon aus, dass sie eher etwas mehr als zu wenig arbeiten."

Ich fing innerlich an zu jubeln. Freie Arbeitszeit bedeutete, dass ich an einem Tag mit bomben Thermik auch einmal in Boberg Segelfliegen gehen konnte. Und das alles bei dem guten Gehalt! Das war schon super geil.

„Allerdings gibt es noch einen Punkt der unbedingt beachtet werden muss", fuhr Herr Kommani fort.

„Aha, jetzt kommt der Pferdefuß", sagte ich still zu mir selber. Ein solch gutes Angebot konnte nicht ohne einen Haken sein.

„Wir haben hier sehr strenge Sicherheitsauflagen, die beachtet werden müssen. Es dürfen keinerlei Daten ohne meine Genehmigung dieses Gebäude verlassen und es darf auch nur hier gearbeitet werden. Für den Zugang, sowohl zum Gebäude als auch zum Computer und so weiter, dient ein Chip, der unter die Haut implementiert wird. So kann er nicht verloren gehen. Können sie das akzeptieren?"

Es war zwar unschön, dass ich nicht auch einmal von zuhause aus arbeiten konnte, aber damit konnte ich leben. Hauptsache ich konnte wieder Segelflugzeuge fliegen. Also nickte ich.

„Fein", sagte Herr Kommani. „Wann könnten sie denn gegebenenfalls hier anfangen?"

Blöde Frage, ich hatte doch außer meinem Notjob bei Kaufland an der Kasse nichts zu tun.

„Jederzeit", antwortete ich also.

„Gut, wie wäre es gleich nächsten Montag?"

„Ja, das ließe sich machen."

Herr Kommani strahlte jetzt über das ganze Gesicht. „Ich habe hier schon einen Vertrag vorbereitet. Nehmen sie ihn mit und schauen sich ihn in Ruhe an. Wenn der Vertrag in Ordnung ist, dann kommen Sie einfach am Montag Vormittag und bringen den Vertrag wieder mit. - Dann bis Montag."

Herr Kommani stand auf und streckte mir seine Hand entgegen, so dass ich die automatisch ergriff und mich verabschiedete. Genau in dem Augenblick trat die Sekretärin ein und begleitete mich nach draußen.

Als ich einige Meter vom Grundstück entfernt war, stieß ich eine Jubelschrei aus. Das war doch super geil: einen Job der mir viel Spaß machen würde, eine großartige Bezahlung und ich brauchte nicht einmal umzuziehen. Und ich konnte wieder Segelfliegen! - Ach ja, und ich könnte bald eine Familie gründen, Maria würde über die Gute Nachricht glücklich sein.

Ich verstehe heute nicht, dass mir damals überhaupt nicht aufgefallen war, dass Herr Kommani nur von der Firma und dem Projekt erzählt hatte, und überhaupt nichts über mich erfahren wollte. Ich kann das heute nur so deuten, dass ihm damals schon alle entsprechenden Informationen vorgelegen haben mussten. Und auch der hohe Sicherheitsstandard bei Gebäude und Grundstück hätte mich schon damals misstrauisch machen sollen.

Kapitel 4 – Der erste Arbeitstag

Der Montag war ein extrem heißer, sonniger Tag. Gegen 9:00 Uhr stand ich mit den besten Wünschen von Maria wieder vor Aertoys. Auch dieses Mal holte mich die ältliche Sekretärin ab. Sie trug an dem Tag eine dreiviertel lange weiße dünne Hose, wobei ihr Slip, oder in diesem Fall wäre der Ausdruck Schlüpfer passender, durchschien. So etwas hatte schon meine Großmutter getragen, und dann auch noch mit Blümchenmuster. - Hatten wir dieses Thema nicht vor kurzem?

Der Empfang bei Herrn Kommani war ähnlich wie beim letzten Mal. Nach kurzer Zeit führte er mich durch die Firma um mich, und mir, jeden Mitarbeiter vorzustellen. Das war zunächst nur ganz kurz, aber er bat mich, später jeden Einzelnen zu besuchen und mich ausführlich mit ihm zu unterhalten. Ein Kollege war allerdings auf Dienstreise, nämlich Elon. Ich erinnere mich diesbezüglich noch genau an die Worte von Herrn Kommani.

„Elon ist für die Hardware zuständig", sagte er, „und auch der technische Leiter des Projektes. Betrachten sie ihn als ihren Vorgesetzten. Alle Entscheidungen vom ihm sind automatisch von mir gedeckt. Seinen Anweisungen ist unbedingt Folge zu leisten."

Ich nickte. „Das ist kein Problem."

„Gut, dann zeige ich ihnen noch ihr Büro und danach lasse ich sie alleine. Sie können sich dann in aller Ruhe mit ihren neuen Kollegen unterhalten. - Ach so, wir haben für sie um 13:00 Uhr einen Termin bei einem Arzt ganz in der Nähe gemacht, der ihnen den Zugangschip unter die Haut setzt. Einzelheiten dazu sagt ihnen Frau Schröder, unsere Sekretärin. Danach haben sie dann für heute frei."

Ich hatte einen schönen modern eingerichteten Raum ganz für mich alleine. Und am ersten Tag schon kurz nach Mittag Feierabend, dass fing gut an.

Die Firma bestand nur aus sehr wenigen Mitarbeitern. Zunächst einmal war da Fred, der für das eigentliche Modellflugzeug zuständig war. Fred hatte früher Flugzeugbau studiert und danach eine eigene Firma über Crowdfunding gegründet, um ein Segelflugzeug mit Elektroantrieb zu entwickeln. Leider gingen einige Dinge schief, die er eigentlich nicht zu verantworten hatte. Aber auch wenn es offenbar nicht sein Verschulden war, die Firma ging Konkurs. Danach war er froh, überhaupt einen Job zu erhalten, und dieser hier wurde sogar gut bezahlt. Da Fred verheiratet ist und ein Kind hat, war dieser Job für ihn wie ein Lotteriegewinn. - Allerdings erschien es ihm eigenartig, das jemand mit seiner Qualifizierung und diesem guten Gehalt für ein Spielzeug eingestellt wurde. Aber schließlich war das nicht sein Problem. Das dachte er damals jedenfalls.

Ich wollte auch kurz in Elos Büro schauen, aber es war verschlossen. Klar, wenn er auf Dienstreise war.

Dann gab es noch Ari, einen jungen Mann mit bräunlicher Hautfarbe, der nur gebrochen Deutsch sprach. Er war bei Aertoys in Vollzeit und fest angestellt und war Hausmeister, Gärtner, sowie der Mann für ‚alle

Fälle' und ging manchmal auch Fred zur Hand, wenn dieser Unterstützung beim Bau benötigte. - Ari hat sich zwar um alles mögliche gekümmert, war aber bei dieser kleinen Firma damit bei weitem nicht ausgelastet. Deshalb konnte ich mir nicht vorstellen, dass er nicht noch andere Aufgaben hatte. Auf diesen Punkt sollte ich aber erst viel später kommen.

Schließlich gab es noch Frau Schröder, die Sekretärin. Eine gute Seele, die sich um alles gewissenhaft kümmerte, was man bei ihr vorbrachte.

Und es gab natürlich noch Herrn Kommani, den ich seit dem ersten Tag aber so gut wie nie gesehen oder gesprochen habe.

Der Start in dieser Firma war super verlaufen. Und so ging ich nach dem kurzen Arztbesuch überglücklich nach Hause. Ja, ich nahm nicht den Bus sondern ging die Strecke. Ich hatte einfach das Bedürfnis dazu.

Kapitel 5 – Die Arbeit

Am Mittwoch darauf lernte ich Elon kennen. Ich saß in meinem Büro, als es an der Tür kurz klopfte und unmittelbar danach jemand eintrat, der Herr Kommanis junger Bruder hätte sein können. Allerdings trug er keinen Anzug, sondern nur eine Hose, weißes Hemd und eine dezente Krawatte.

„Hallo, ich bin Elon."

Dabei streckte er mir seine Hand entgegen. Dann setzte er sich unaufgefordert auf den Stuhl neben mir und begann vom Projekt zu erzählen. Für die Hardware sollten Komponenten verwendet werden, wie sie auch in Handys zum Einsatz kommen. Diese stehen problemlos zur Verfügung und sind aufgrund ihres verbreiteten Einsatzes auch billig und sehr stabil. Danach schilderte er, was er von mir erwartete.

Obwohl Elon sehr freundlich war, hatte ich schon damals irgendwie ein eigenartiges Gefühl. Man spürte bei ihm das Alphatier, und es zeigte sich dann auch später, dass er keinerlei Kritik zuließ.

Wenig später kamen zwei neue Kollegen hinzu. Zum einen bekam Fred einen Kollegen, der Spezialist für Produktionstechniken war. Seine Aufgabe bestand darin, dafür zu sorgen, dass die Flugzeugprototypen später in kleiner Serie produziert werden konnten.

Und auch ich bekam eine Unterstützung, Malte, der in seiner Promotionsarbeit verbesserte Möglichkeiten zur Bildanalyse gefunden hatte. Man hatte ihn wohl mit einem unwiderstehlichen Angebot gelockt und so war er für den neuen

Job von München nach Hamburg umgezogen. Er schien wirklich eine Menge auf den Kasten zu haben, und wir haben uns gleich von Anfang an sehr gut verstanden.

Eigenartig war nur, dass er schon nach einem halben Jahr die Firma verließ. Obwohl wir eigentlich Freunde waren, hat er nie darüber gesprochen, warum er gegangen ist, und Fragen danach ist er stets ausgewichen. Ich habe seinen Weggang damals sehr bedauert.

Es dauerte gut ein Jahr, bis der erste Prototyp mit eingeschränktem Funktionsumfang flog. Man darf ein Modellflugzeug ab einer bestimmten Höhe nicht einfach irgendwo fliegen lassen und wir wollten nicht nur in Bodennähe testen sondern auch längere Flugzeiten haben. Ich bin dann spontan auf die Idee gekommen, dass man das vielleicht auf dem Segelfluggelände in Boberg durchführen könnte. Eigentlich hätte ich nachdenken sollen, denn für Modellflugbetrieb sind auch in Boberg Anträge und Genehmigungen der Behörde notwendig. Und da Boberg im Anflugbereich des Hamburger Airports liegt, dürfte das schwierig sein. Aber ich hatte mich gewaltig getäuscht, denn Herr Kommani hatte schon nach wenigen Tagen alle erforderlichen Genehmigungen. Entweder hatte er viel Glück gehabt oder entsprechende Beziehungen.

Egal wie, der Prototyp flog von Anfang an gut.

Kapitel 6 – Erste Zweifel

Eigentlich gab es schon von Anfang an Zeichen, dass irgendetwas, sagen wir einmal, **unüblich** war. Nur war ich auf ganz andere Dinge fokussiert und habe das andere zunächst nicht wahr genommen.

Wenn man mich heute fragt, was das erste Anzeichen dafür war, dass ich Dinge eigenartig fand, dann waren es Freds Worte, dass sein Gehalt für die Konstruktion eines Spielzeuges viel zu hoch sei. Dieser Gedanke ließ mich nicht los, und in der Tat zeigte ein einfacher Überschlag, dass es hier ein Missverhältnis gab.

Der Preis für die eingebauten Handykomponenten dürfte bei rund 100,- € liegen. Die Entwicklung unseres Flugzeugs schätze ich auf weit über zwei Millionen; das sind Gehälter, Miete und Gebäudekosten, sowie Kosten für Maschinen, Computer und so weiter. Nimmt man einfach einmal an, dass von dem Flugzeug zehntausend Stück verkauft werden, dann betragen die Entwicklungskosten 200,- € pro Flugzeug. Für die Herstellung eines dieser Segelflugzeuge wird man wohl mindestens 20,- € veranschlagen müssen, denn aufgrund der hohen Anforderungen musste Fred sehr hochwertige Materialien verwenden. Rechnet man noch Gewinnspanne und Mehrwertsteuer hinzu, dann ist man bei einem Kaufpreis von rund 350,- €! Wer gibt so viel Geld für ein Spielzeug-Segelflugzeug aus, mit dem man kaum etwas machen kann? Man kann es mit einem Seil, ähnlich wie bei einem Drachen, in die Höhe ziehen und es nach dem Ausklinken dann fliegen lassen. Aber man kann es nicht richtig steuern, sondern nur Kommandos absetzten wie thermikkreisen, zurückkommen und landen, ein Stück nach norden fliegen und so weiter. Und Thermikfliegen wird in der

Praxis kaum funktionieren, weil beim Segelfliegen die Arbeitshöhe viel höher liegt als es in Deutschland für Modellflugzeuge erlaubt ist. Dieses Flugzeug musste ein finanzielles Desaster werden. Und Aertoys entwickelte das Flugzeug nur; wer produziert und verkauft es denn später?

Ich habe mir anfangs überhaupt keine weiteren Gedanken darüber gemacht. Mein Job machte mir unheimlich viel Spaß und spülte noch ordentlich Geld in die Kasse. Und ich konnte endlich wieder Segelfliegen. Selbst wenn Aertoys pleite ging, hatte ich viel Gutes gehabt.

Echte Zweifel bezüglich des ‚Spielzeugs‘ bekam ich nach zwei Ereignissen. Das erste Mal war ich etwas verwirrt, als unsere Frau Schröder, die Sekretärin, wieder einmal ein sogenanntes Problem mit ihrem PC hatte. Problem heißt, dass der Rechner nicht das machte, war sie vom ihm erwartete, sondern genau das, was sie eingegeben hatte. Und dann wurde stets ich als studierter Informatiker gerufen. Während ich wieder einmal in ihrem Büro saß und die Sache zu klären versuchte, stand sie neben mir und schaute mir auf die Finger. Doch plötzlich leuchtete an einem kleinen Kästchen auf ihrem Schreibtisch ein gelbes Lämpchen auf und ein leiser Summer ertönte. Sofort ging Frau Schröder durch eine Tür, die direkt in das daneben gelegene Büro von Herrn Kommani führte. - Jetzt verstand ich auch, warum Frau Schröder bei meinem Vorstellungsgespräch und bei meinem ersten Arbeitstag stets im genau richtigen Moment in Herrn Kommanis Büro erschienen war.

Viel wichtiger aber war, dass ich, während des kurzen Augenblicks, wo die Tür offen stand, einen Gesprächsfetzen von Herrn Kommani hörte: „Bei einer Gleitzahl von 30 kann das Segelflugzeug von 1 Km Höhe rund 30 Km gleiten. Und es ist geräuschlos und kann vom Radar normalerweise nicht geortet werden."

Ich verstand nicht, warum das Thema ‚Radar' wichtig war. Und in den Höhen, wo richtige Flugzeuge fliegen, dürfen sich Modelle sowieso nicht befinden.

Einige Tage später kam Elon zu mir ins Büro und erklärte mir, dass die Flugzeuge laufend Daten über den Flug über UMTS senden sollten. Für die Prototypen hätte ich das noch verstanden, aber warum für ein Spielzeug? Die Kosten dafür sind doch extrem hoch. Deshalb war mein Gegenvorschlag, die Daten mittels Sigfox zu senden, wie es zum Beispiel für wissenschaftliche Messdaten üblich ist. Das wäre um ein Vielfaches billiger.

Doch zu meinem Erstaunen reagierte Elon auf meinen sehr guten Vorschlag säuerlich. Dann argumentierte er, dass auch Software Updates erfolgen sollten. Aus meiner Sicht, wäre WLAN dafür sehr viel besser geeignet. Das kam aber noch weniger tut an.

„Bei vielen neuen Autos", schnaufte Elon, „sind ja auch UMTS SIM-Karten verbaut, die laufend Daten an den Hersteller senden. Was spricht denn dagegen, dass auch wir dieses etablierte Verfahren verwenden?"

„Technisch nichts, aber die hohen Kosten. Bei den Autopreisen mag das ja gehen, aber wie ist das bei einem billigen Spielzeug?"

„Sind die Kosten **dein** Problem? Deine Aufgabe ist es, alles softwaretechnisch zum Laufen zu bringen, und darin bist du Spezialist. Und glaube mir, Herr Kommani ist Spezialist darin, mit diesem Projekt Geld zu verdienen. Und genauso, wie er dir in deine Computerprogramme nicht hineinredet, so solltest du ihm nicht in seine kaufmännischen Dinge hineinreden. Können wir uns darauf einigen?"

Daran, dass sein Akzent beim Sprechen sehr viel stärker wurde, merkte ich, dass er wütend war. Aber jetzt konnte ich es nicht an mich halten, auch noch einen nachzuschieben.

„Und wo bleibt der Datenschutz?"

„Du kannst mir glauben", sagte er, wobei er lauter und sein Akzent noch stärker wurde, „dass wir keine kleinen Kinder sind und genau wissen, was wir tun. Außerdem benötigen wir in dieser Firma keine destruktiven Mitarbeiter, sondern ausschließlich konstruktive Leute. Darüber solltest du vielleicht einmal nachdenken."

Ups, das hatte gesessen. - Ich beschloss Rache, und, sofern sich einmal eine günstige Gelegenheit ergeben würde, Elon in den Kaffee zu pinkeln.

Kapitel 7 – Olga

Wovon ich jetzt berichte, das habe ich erst sehr viel später erfahren, und auch nur lückenhaft. Ich werde aber versuchen, es so zu schildern, wie es sich meiner Meinung nach zugetragen haben muss.

Als Olga vom Einkaufen zurück kam, und ihren Briefkasten öffnete, befand sich darin ein brauner DIN A4 Briefumschlag, ohne Adresse und ohne Absender. Olga erschrak, denn sie wusste, was das bedeutete: ein neuer Auftrag für sie.

„Scheiße!", sagte sie zu sich selbst, aber so laut, dass eine Frau auf dem Fußweg, mit einem kleinen Jungen an der Hand, sie entsetzt anschaute. Olga entschuldigte sich im Geiste bei ihr. Sehr lange war kein neuer Auftrag mehr gekommen, und sie hatte gehofft, dass die Sache vielleicht endlich beendet war. Aber nun war alle Hoffnung dahin. Mit einer Mischung aus Enttäuschung, Trauer und Wut stieg sie die Treppen bis zu ihrer winzigen Wohnung in der vierten Etage hoch. Dort legte sie den Briefumschlag auf den Tisch, ging zum Schrank, nahm eine Flasche Wodka und ein normales Glas heraus und goss sich einen riesigen Schluck Wodka ein. Dann schaute sie eine Zeitlang scheinbar hypnotisiert auf den Briefumschlag bis sie ihn ganz plötzlich ergriff und öffnete. Er enthielt einige Fotos von einem jungen Mann, eine Personenbeschreibung, sowie Adresse und andere persönliche Daten und eine Aufgabenbeschreibung. Sie las die Aufgabenbeschreibung durch. Danach trank sie das Glas mit einem Zug aus. Na, wenigstens war das, was man dieses Mal von ihr erwartete, nicht ganz so schlimm. Aber das war nur ein schwacher Trost. - Sie wollte endlich aus dieser ganzen Scheiße heraus!

Aber es half nichts. Olga musste da durch. So begann sie zunächst Marc heimlich zu beobachten, um näheres über ihn zu erfahren. Und mit der Zeit reifte ihr Plan.

Kapitel 8 – Neuigkeiten

Wenig später traten einige Ereignisse ein, die mich sehr nachdenklich stimmten. Aber trotzdem war meine Welt im Grundsatz, zumindest zunächst noch, in Ordnung.

Maria machte immer häufiger Anspielungen, dass ich jetzt ja einen guten Job hätte und deshalb eine Familie gründen könnte. Ich hatte das deutliche Gefühl, dass sie mindestens eine Verlobung erwartete. Bis vor kurzem hatte auch ich durchaus daran gedacht, aber nach dem letzten ‚Dialog' mit Elon hatte ich das Gefühl, dass ich unter Umständen nicht mehr sehr lange in der Firma sein könnte. Und das wäre für eine Familie keine gute Grundlage.

Aber es gab auch noch einen anderen Grund: Für Segelfliegen muss man sehr viel Zeit einplanen, und Maria hatte durchklingen lassen, dass sie durchaus andere Vorstellungen von einem gemeinsamen Leben hatte. So wand ich mich wie ein Wurm am Angelhaken.

„Danke, dass sie alle zur Firmenversammlung gekommen sind."

Ich musste unwillkürlich schmunzeln, als Herr Kommani auch noch in die Runde schaute. Dieses war die, ich glaube, vierte Firmenversammlung. Und obwohl sich kaum mehr als eine handvoll Personen im Raum befanden, erfolgte Herr Kommanis Auftritt stets so, als ob er vor einem riesigen Auditorium sprach. Herr Kommani stand vor einer Flipchart, Elon bei ihm, aber etwas im Hintergrund. Und wir saßen auf unseren mitgebrachten Bürostühlen im Halbkreis etwas davor. Es war bisher immer dieselbe Prozedur gewesen: Nach allgemeinem länglichen Blabla sagte Herr Kommani endlich was er wollte, und Elon dann, was genau technisch umzusetzen wäre und was er von uns erwartete.

Aber dieses Mal war es anders, und ich wurde früher aus meinem Halbschlaf gerissen.

„Ich möchte Ihnen mitteilen", fuhr Herr Kommani fort, „dass unser Spielzeug in Kürze produziert und in rund drei Monaten verkauft wird."

Ich war hellwach. Herr Kommani schilderte, dass die Komponenten für das Flugzeug in verschiedenen Fabriken in China produziert, das ganze dann in Indien zusammengebaut und in Europa verkauft werden sollte. Es sollte zunächst eine vereinfachte Softwareversion eingesetzt werden. Elon sollte mir das später genau erklären. Die Daten, die die Flugmodelle produzieren, würden über UMTS zu unseren Servern geschickt und es würde noch ein weiterer Spezialist eingestellt werden, der diese Daten auswerten soll. Aufgrund dieses Feedback könnten dann verbesserte Softwareversionen erstellt werden.

Ich fiel immer mehr vom Glauben ab: noch ein weiterer Mitarbeiter? Noch mehr Kosten?

Schließlich schloss Herr Kommani damit, dass Fred jetzt ja kaum noch etwas zu tun hätte. Sein Vorschlag war deshalb, dass er mich unterstützen sollte. Ich sollte ihn entsprechend einarbeiten.

Also wurde ein Kollege weiter beschäftigt, der eigentlich nicht mehr gebraucht wurde? - Lauter Fragezeichen.

Nach der Firmenversammlung gab es wieder das kuriose

Bild, wenn alle ihre Stühle zurück ins Büro schoben. Es soll ja schon Bürostuhl-Rennen geben. Ich holte zu Fred auf und sprach ihn an.

„Sag einmal, weißt du mehr darüber?"

„Nur wenig. Das Flugzeug soll zunächst über eine niedrigpreisige Supermarktkette in Portugal verkauft werden. Dort wird es mit dem Luftraum nicht so eng gesehen."

„Und was soll es kosten?"

„Ich habe irgendetwas von knapp 30 Euro gehört, aber nagele mich bitte nicht fest."

Ich schüttelte ungläubig den Kopf. „Ist das nicht ein riesiges Verlustgeschäft?"

Fred sah mich intensiv an. „Genau das habe ich mich auch schon gefragt. Die wollen mit dem niedrigen Preis wohl die ersten Kunden kaufen. Aber so richtig wohl ist mir dabei nicht. Auch wenn Herr Kommani Investoren zu haben scheint, die wohl nicht recht wissen, wohin mit dem Geld. Hast du schon einmal etwas von Abschreibungsgesellschaften gehört?"

„Ich glaube allmählich nicht mehr, dass wir noch lange in dieser Firma sein werden."

Aber immerhin sollte das Segelflugzeug tatsächlich als Spielzeug eingesetzt werden. Ich hatte zwischendurch auch schon andere Gedanken gehabt.

Kapitel 9 – Olga schlägt zu

„Aaaaah!"

Mein Körper traf auf etwas großes und weiches. Ich brauchte nur Bruchteile einer Sekunde um die Situation zu verstehen: eine junge Frau war gegen mich gelaufen. Als ich mich an die schmerzende Stelle an meinem Bauch fasste, bemerkte ich, dass ich total mit irgendeiner schmierigen Masse bekleckert war. Die Junge Frau hielt noch die Reste vom Döner im Fladenbrot in ihrer Hand.

„Scheiße!"

Dabei hatte alles so gut angefangen. Es war ein schöner Tag, die Sonne schien, und kleine Wölkchen mit scharfen Konturen zogen langsam vor einem dunkelblauen Himmel vorbei. Ideales Wetter für einen Streckenflug mit dem Segelflugzeug. Aber leider konnte ich ja nicht jeden Tag fliegen, ich muss auch manchmal arbeiten. Wie so oft, machte ich mittags einen kleinen Spaziergang, auf dem ich meine mitgebrachten Brote aß. Dieser Spaziergang diente aber nicht nur meiner Erbauung und Ernährung, sondern vielmehr dachte ich dabei über meine aktuellen Probleme bei meiner Arbeit nach. Es ist kaum zu glauben, aber ich habe bei diesen Spaziergängen mehr Lösungen gefunden als bei stundenlangem Nachdenken am Schreibtisch.

„Es tut mir unendlich Leid", sagte die junge Frau, „aber ich habe gerade auf mein Handy geschaut und sie übersehen."

„Ich habe auch nicht besonders aufgepasst."

„Trotzdem, das ist mein Fehler. - Oh, ich habe ihre Hose

total bekleckert."

„Ja, aber das lässt sich jetzt auch nicht mehr ändern."

„Aber vielleicht etwas verringern", sagte sie. Dann nahm sie eine Packung Papiertaschentücher aus ihrem Beutel, kniete nieder, umfasste meinen Oberschenkel und begann meine Hose vorne abzuwischen. Es war ein erregendes Gefühl, als sie so an mir herum wischte und ich hoffte, dass sie das nicht bemerkte. Auf der einen Seite war es mir peinlich, auf der anderen Seite hatte ich aber keine Lust sie zu unterbrechen. Zufällige Beobachter hätten dabei sonst was denken können, und vielleicht waren sie der Wahrheit sogar näher als ich. Denn ich wusste damals ja noch nichts von Olga.

„Es ist schon in Ordnung", sagte ich nach einiger Zeit, die eigentlich schon unangemessen lang war.

„Aber ich habe doch ihre Hose versaut."

„Was geschehen ist, das ist geschehen. Und die Flecken auf der Hose werde ich auch überleben."

„Ich würde es aber trotzdem gerne wieder gut machen." Dann stand sie auf und schaute mich an. „Wäre es sehr vermessen, wenn ich sie als Entschädigung zum Essen einlade? Ich jobbe bei Lavastein und bekomme dort Rabatt."

„Ich weiß nicht so recht."

„Ach bitte, sonst fühle ich mich so schlecht, so schuldig."

„Okay, ist in Ordnung. Schließlich sollen sie nachts gut schlafen können."

Und was war schon dabei, von dieser jungen Frau eingeladen zu werden. Und Maria würde davon sowieso nichts erfahren.

„Fein." Sie stand auf und reichte mir ihre Hand. „Ich bin Olga. Wie wäre es übermorgen, 19:00 Uhr?"

„Ja, das passt."

„Du kommst auch ganz bestimmt?" Dabei sah sie mich mit ihren großen Augen an.

„Ich verspreche es." Und damit nahm eine ganz neue Entwicklung ihren Lauf. Eine Entwicklung, die ich mir nie hätte träumen lassen.

Kapitel 10 – Ein Kunde kommt

Schon vor einigen Wochen hatte Herr Kommani angekündigt, dass wir Besuch von einem potentiellen Kunden bekämen. Es wurde das Aufräumen sämtlicher Büros angeordnet. Und am Tag vor dem Besuch ging Herr Kommani persönlich durch die Firma um alles zu kontrollieren. Ich kam mir wie im Kindergarten vor.

Am nächsten Tag kamen Herr Kommani, Elon und der Besuch auch in mein tadellos aufgeräumtes Büro. Der Herr wurde als Mr. Oldon vorgestellt.

Mr. Oldon stellte mir viele technische Fragen zu meinem Gebiet, er schien ein Grundwissen über autonome Steuerung und Bildverarbeitung zu haben. Da er sehr interessiert war, wollte ich ihm noch einiges an meinem PC zeigen und bat ihn herum, auf meine Seite vom Schreibtisch. Gleichzeitig nahm ich die Schachtel mit der halb verspeisten Pizza vom anderen Stuhl direkt neben dem meinigen und schob sie auf meinen Schoß unter dem Schreibtisch, denn ich hatte die Befürchtung, dass sich Mr. Oldon auf den Stuhl setzten könnte. Ich hoffte inständig, dass Herr Kommani dieses nicht mitbekommen hatte, denn die Pizza hatte natürlich gegen seine ausdrücklichen Reinlichkeits- und Ordnungsanweisungen verstoßen.

„You may take that seat", bot ich Mr. Oldon den jetzt freien Stuhl an. Er antwortete zwar mit einem „thanks", blieb aber neben mir stehen um besser auf den Bildschirm schauen zu können. Während ich die grobe Struktur der Software erläuterte, zog Herr Kommani den Stuhl, der bisher hinter Mr. Oldon stand, vorsichtig zu Seite und setzte sich darauf. Ihn langweilte dieser technische Kram offensichtlich. Wenig später wollte sich Mr. Oldon doch noch auf den vermeintlich hinter ihm stehenden Stuhl setzen. Der war aber inzwischen nicht mehr dort und so knallte er, zunächst vor Schreck und später vor Schmerz aufschreiend, auf den Fußboden. Ich sprang unwillkürlich auf, ohne dabei an die Pizza auf meinem Schoß zu denken. Die landete dabei nach einem kurzen Umweg über meine zuvor saubere Hose auch noch auf Mr. Oldon.

Das Ende war, dass Mr. Oldon mit verknackstem Steißbein per Unfallwagen in der Unfallklinik Boberg kam und Herr Kommani stinksauer auf mich war. Dabei hatte er doch dieses Desaster ausgelöst. - Und ich? Abgesehen davon, dass ich die Schimpfkanonade von Herrn Kommani über mich ergehen lassen musste, und mit einer total bekleckerten Hose im Bus den grinsenden Blicken der anderen Fahrgäste ertragen musste, war ich auch noch hungrig.

Ich denke noch manchmal an an die Szene mit Herrn Oldon, die aus einem billigen Slapstick Film stammen könnte. Es hätte nur noch gefehlt, dass just in dem Moment Frau Schröder eingetreten wäre, und wie manchmal, ihren Lachkrampf bekommen hätte.

Bevor ich die nächsten wichtigen Ereignisse bei Aertoys schildere, muss sich allerdings mit einem ganz anderen Kapitel fortfahren, um die zeitliche Reihenfolge einzuhalten.

Kapitel 11 – Ein Drink mit Olga

Als ich frustriert aus der Firma ging, fiel mir die Verabredung mit Olga ein. Eigentlich hatte ich überhaupt keine Lust dorthin zu gehen, denn meine Stimmung war überhaupt nicht passend dazu. Aber auf der anderen Seite hatte ich es ihr versprochen, und außerdem interessierte sie mich schon ein bisschen. Wenn *sie* aber nun gar nicht kam? Nun, dann könnte ich mir ja meinen Kummer mit ein paar Bierchen herunterspülen. Es sprach also alles dafür, mich auf den Weg zum Lavastein zu machen.

Auf der Busfahrt in die Bergedorfer City ließ ich mir noch einmal durch den Kopf gehen, wie Olga aussah, denn schließlich musste ich sie im Restaurant auch erkennen und durfte nicht einfach eine Fremde ansprechen. Wie sah also Olga aus? - Sie war etwas rundlich, heute würde man kurvig sagen, aber nicht dick. Ihr hübsches Gesicht wurde von den schulterlangen dunkelblonden -oder blond gefärbten- Haaren, vorne mit Pony, eingerahmt. Ansonsten gab es nichts Auffälliges.

Das Lavastein war Restaurant und Bar zugleich. Ich war nur selten dort gewesen, weil es relativ laut ist. Davon abgesehen ist es gemütlich und hat eine Speisekarte, die auch einige Gerichte enthält, die für Vegetarier, wie mich, geeignet sind.

Als ich ins Restaurant eintrat und mich etwas umsah, erkannte ich Olga sofort rechts am Fenster. Denn sie winkte mir freudig zu. Immerhin war sie gekommen. Ich ging zu ihr, begrüßte sie und setzte mich. Sie schien kein Make-up zu tragen oder zumindest kein für mich erkennbares. Dann entstand eine Pause und ich muss zugeben, dass ich auch etwas verlegen war und nicht recht wusste, wie ich das Gespräch beginnen sollte. Aber dann kam eine dunkelhäutige Bedienung und brachte unaufgefordert zwei Cocktails und stellte diese vor uns hin, wobei sie uns anlächelte. Ich war verwirrt.

„Wieso bekommen wir diesen Drink?"

„Um ehrlich zu sein, ich habe Raven vorhin gebeten, sobald du kommst, den Cocktail zu servieren. Ich hielt das für eine lustige Idee, und wie ich sehe, hat sie auch eine Wirkung bei dir gezeigt. - Allerdings muss ich gestehen, dass Raven sehr gespannt war, was für einen Typen ich treffen wollte."

Ich musste Lachen und damit war das Eis gebrochen. Außerdem schien der Cocktail dabei zu helfen. Dieser musste sehr hochprozentig sein. Und Olga bestellte für uns beide sogar noch einen zweiten.

Wir sprachen über vieles und kamen dann auch bald auf mein Lieblingsthema, die Fliegerei. Dabei erfuhr ich auch, dass Olga durchaus Grundkenntnisse über das Fliegen besaß. Fast hätte ich sie zu einem Rundflug eingeladen, aber ich hatte Angst, dass Maria irgendwie Wind davon bekommen könnte und das wollte ich unter allen Umständen verhindern. Maria interessierte sich überhaupt nicht für die Fliegerei.

Über Olga erfuhr ich, dass sie von irgendwo aus dem Osten stammte und Kernphysik studierte. In ihrer Heimat hatte sie das auch schon gemacht, aber dort war das sehr praxisorientiert, und sie interessierte mehr die Grundlagenforschung und insbesondere den Aufbau der Materie. Sie erklärte mir, dass schon die Griechen das Atom postuliert hatten, dass dann der Aufbau der Atome mittels Protonen,

Neutronen und Elektronen erklärt wurde und dass man heute weiß, dass diese wiederum aus kleinen Teilchen bestehen. Und das Ende wäre noch nicht erreicht. Vielleicht blieben am Ende nur noch mathematische Formeln übrig.

Dann fragte Olga mich nach meiner Arbeit und ich fing an von Aertoys zu erzählen. Schließlich konnte ich nicht anders und begann von meinem heutigen Ärger dort zu berichten. Olga war eine geduldige Zuhörerin, und nachdem ich von meinem heutigen Arbeitstag berichtet hatte, fühlte ich mich schließlich deutlich besser. Maria interessierte meine Arbeit überhaupt nicht.

Nach einem leckeren Essen und einigen weiteren Drinks beendeten wir den Abend und jeder von uns ging nach Hause. Allerdings nicht ohne zuvor unsere Handynummern auszutauschen und nicht ohne dass ich versprochen hatte, mich für die Einladung in den nächsten Tagen zu revanchieren. Als ich aufstand merkte ich den Alkohol recht deutlich und wunderte mich, wie Olga das so scheinbar ganz unbeschadet überstanden hatte. - Damals wusste ich nicht, dass Olga Raven gebeten hatte, in ihre Drinks deutlich weniger Alkohol zu geben. Und so war ich vermutlich der einzige von uns beiden, der nachts seine Kloschüssel umarmte.

Kapitel 12 – Zweifel und Frust

Als ich am nächsten Tag wie üblich mit dem Bus zur Arbeit fuhr, lud ich, wie üblich, die Bergedorfer Zeitung auf mein Tablet herunter und begann sie zu überfliegen. Plötzlich stutzte ich. Auf Seite zwei war ein Foto zu sehen, und mir fiel auf dem Foto ein kleines, orange leuchtendes Teil inmitten von verbrannten Holzbalken ins Auge. Automatisch assoziierte ich das Seitenleitwerk einer unserer Prototypen damit. Dieses Teil war natürlich nur ein Fragment davon, aber typisch. Ich schaute genauer hin, und vergrößerte dann sogar noch das Bild auf meinem Tablet. Ja, dort standen eindeutig Teile von Buchstaben darauf, die eigentlich nur 'P3' sein konnten, was bei uns 'Prototyp 3' bedeutete. Jetzt begann ich den Artikel, zu dem das Foto mit dem offenbar abgebrannten Dachstuhl gehörte, zu lesen:

'Dachstuhl von historischem Bauernhaus abgebrannt

Gestern gegen 15:10 Uhr fing aus noch unbekannten Gründen der Dachstuhl eines historischen Bauernhauses in Billwerder Feuer und brannte teilweise nieder. Schlimmeres konnte hauptsächlich durch den entschlossenen Einsatzes des Besitzers verhindert werden, der das Feuer bis zum Eintreffen der Feuerwehr mit einem Schlauch und mit der Güllepumpe bekämpfte.'

"Güllepumpe ist eine abgefahrene Idee", dachte ich, "aber sehr effektiv. Nur, wie wird man später den Gestank wieder los?"

Ich las weiter.

'Der Landwirt arbeitete gerade auf dem Hof, als er plötzlich einen kleinen Brand auf dem Reetdach bemerkte. Sofort

alarmierte er mit dem Handy die Feuerwehr und begann zusammen mit seinem Sohn die Brandbekämpfung. Die Ursache des Feuers ist noch unklar, zumal sich in dem Teil des Daches gemäß Angaben des Besitzers keine elektrischen Leitungen befunden haben sollen.'

Billwerder liegt doch etwas südlich von Boberg. Das könnte mit einem Test von unserem Prototypen passen. Doch zum einen war bei dem guten Wetter gestern die Uhrzeit zu früh, weil dann dort noch reger Segelflugbetrieb herrschte, und zum anderen hätte ich von einem Testflug irgendetwas mitbekommen. Zumindest dann, wenn dabei Probleme aufgetreten wären. Aber ich konnte ja Elon ansprechen, wenn er ins Büro kam.

Elon kam an diesem Tag erst am frühen Nachmittag, zusammen mit Herrn Kommani, in die Firma. Ich wartete einen Augenblick, und ging dann mit meinem Tablet in der Hand in sein Büro.

"Hallo Elon", versuchte ich möglichst ruhig und neutral zu sagen, obwohl ich eigentlich viel lieber mit der Tür ins Haus gefallen wäre.

"Was gibt es denn wichtiges, Marc. Ich habe gerade ein paar Probleme, um die ich mich dringend kümmern muss." Dabei sah Elon wirklich gestresst aus.

"Ich habe in der Bergedorfer Zeitung zufällig ein interessantes Foto entdeckt."

Dabei hielt ich ihm das Tablet mit dem Foto darauf direkt vor das Gesicht, bevor er es irgendwie abwehren konnte.

"Ja und?", fragte er genervt.

"Schau dir einmal das orange Teil ganz im Vordergrund an. Das ist doch vom Seitenleitwerk unseres Prototypen 3."

"Du spinnst ja."

Elon nahm mir das Tablet aus der Hand und schaute sich das Foto an. Dann spreizte er die Finger auf dem Tablet auseinander, und vergrößerte das Bild so immer stärker, bis die einzelnen Pixel zu Klötzchen wurden. Danach gab er mir das Tablet zurück.

"Ich habe dir doch gesagt, dass du spinnst. Erstens gab es gestern überhaupt keinen Testflug. Und wenn es einen gegeben hätte, dann hättest du davon gewusst. Stimmt doch?" Ohne eine Antwort abzuwarten fuhr er fort: "Und außerdem habe ich den Prototyp 3 schon vor Wochen verschrottet und Teile der Elektronik in Prototyp 6 eingebaut. Dieses Foto sagt gar nichts aus. Schau es dir einmal kritisch an, das Teil kann alles möglich sein. Jetzt kümmere dich bitte um deine Arbeit und lass mich meine machen."

Damit wandte er sich seinem Notebook zu und ließ mich einfach so stehen. Ich kochte vor Wut, weil ich so abgekanzelt und ignoriert worden war. Aber es blieb mir nichts anderes übrig, als sein Büro zu verlassen. Hatte ich nicht schon einmal beschlossen, ihm in den Kaffee zu pinkeln? Allmählich wurde es wirklich Zeit dafür, das zu tun.

In meinem Büro schaute ich noch einmal auf das Tablet. In einem hatte Elon jedenfalls recht: Bei der Vergrößerung, die er eingestellt hatte, konnte der Haufen von farbigen Pixeln wirklich alles mögliche sein, mit größter Wahrscheinlichkeit sogar ein modernes Kunstwerk.

Ich musste mich abregen und machte deshalb erst einmal meinen mittäglichen Spaziergang. Meine Gedanken kreisten dabei natürlich um Prototyp 3. In unserem wöchentlichen Meeting wäre mit Sicherheit angesprochen worden, wenn dieser Prototyp vernichtet worden wäre. Ich hatte sowieso irgendwie das Gefühl, dass Elon log. Und es ließ sich doch ganz einfach überprüfen, ob gestern irgendein Flug einer unserer Prototypen stattgefunden hatte. Die Telemetriedaten von allen Flügen befanden sich auf unserem Server, ich brauchte doch nur einfach nachschauen. Ich war jetzt so ungeduldig, dass ich meinen Spaziergang abkürzte.

Als ich wieder in meinem Büro war, schaute ich zuerst in unsere Telemetriedatenbank und war total enttäuscht. Weder hatte in den letzten fünf Tagen irgendein Testflug stattgefunden noch gab es seit vier Wochen einen Flug vom Prototyp 3. Hatte Elon also recht? Andererseits bestand natürlich die Möglichkeit, dass der Datenbankadministrator, also Elon, die Daten zu dem Flug gelöscht haben konnte. - Scheiße!

Missmutig fuhr ich mit meiner Arbeit fort. Dabei ging mir Prototyp 3 nicht aus dem Kopf, ich arbeitete deshalb total unkonzentriert. Doch das Hin- und Herwenden dieses Problems brachte nach einiger Zeit doch einen neuen Ansatz: Es gab noch eine ganz andere Datenbank, in der Performance Daten aller Server gesammelt wurden. Vielleicht ließ sich damit etwas anfangen. Deshalb erstellte ich zuerst eine Liste der letzten zehn Testflüge von Prototypen und verglich diese Daten dann mit der aufgezeichneten Last auf unserem Telemetrieserver. Bingo! Jedes Mal, wenn ein Testflug stattgefunden hatte, war die Last auf dem Telemetrieserver deutlich höher als zu anderen Zeiten. Das war ja auch zu erwarten gewesen. Und jetzt schaute ich mir die Last von gestern Nachmittag an. Doppelbingo! Zwischen 14:51 und 15:08 war die Last auch deutlich höher. Also hatte ich recht gehabt und Elon hatte gelogen!

Doch was nutzte mir diese Erkenntnis? Das Elon ein Arschloch war, hatte ich auch vorher schon vermutet.

Damit war der Tag leider noch nicht zu Ende. Am späten Nachmittag erhielt ich von Elon eine Mail mit einer Liste von neuen Software Funktionen, die ich unverzüglich zu implementieren hätte, und alles müsse in drei Wochen fertig und getestet sein.

Mit diesem Arbeitsauftrag würde ich bestimmt nicht mehr auf kritische Gedanken kommen.

Was ist eigentlich die Steigerung von 'Arschloch'?

Kapitel 13 – Olga hat einen Vorschlag

So kurios oder unanständig es klingen mag, ich war froh, dass ich mich für den Abend mit Olga verabredet hatte. Das würde sicherlich Ablenkung und Entspannung bringen. Zumindest hatte ich das gehofft.

Für dieses Mal hatte ich das Restaurant gewählt, war deutlich früher gekommen und saß schon am Tisch, als Olga kam. Außerdem hatte ich der Bedienung zuvor fünf Euro in die Hand gedrückt und gebeten, sobald mein Gast käme, automatisch zwei Bier zu servieren.

Olga erschien pünktlich, freudig lächelnd, und mit Jeans und einem bunten T-Shirt bekleidet. Das Motiv zeigte ein Atom. Als wenig später das Bier serviert wurde, grinste sie. Um es vorweg zu nehmen, das war nicht das einzige Bier an diesem Abend und Olga trank deutlich weniger als ich. Als Folge hatte ich nachts wieder ‚gesundheitliche Probleme‘.

Wir unterhielten uns gut, zunächst über allgemeine Themen, aber unwillkürlich kam ich dann zu dem Thema, was mich sehr bedrückte und das wie ein schwerer Stein auf meiner Seele lag. So schilderte ich Olga von den hohen Kosten unseres Flugzeugprojektes und den aus meiner Sicht niedrigen Einnahmemöglichkeiten sowie den anderen Ungereimtheiten. Dann kam ich zu dem Bild in der Zeitung, Elons Reaktion darauf, als ich ihn angesprochen hatte, und dass offenbar doch ein Flug stattgefunden hatte.

„Ich kann mir einfach nicht vorstellen, dass hier alles mit rechten Dingen zugeht," schloss ich. Dann trank ich einen großen Schluck Bier.

Olga überlegte einen Moment. „Wenn ich die Fakten so

betrachte, dann kann das Einsatzszenario sicher nicht Spielzeug sein. Vielleicht ist die Entwicklung als Spielzeug nur eine Art Tarnung."

„Genau das ist auch meine Überlegung. Aber wozu soll das kleine Segelflugzeug denn eingesetzt werden? In den meisten Fällen sind motorisierte Drohnen überlegen. Es hat nur dort Vorteile, wo es lautlos zugehen muss."

„Vielleicht um Spionagefotos zu schießen?"

„Das wäre in den sechziger Jahren sicherlich der Hit gewesen, aber heute sind entsprechende Satelliten im wahrsten Sinne des Wortes himmelweit überlegen."

„Und als Waffe?" Dabei sah Olga mir fest in die Augen.

Ich war erschrocken. „Nein. Es kann keine Nutzlast transportieren. Nie und nimmer."

„Und wenn doch?"

Es entstand eine Pause. „An so etwas würde ich nie im Leben mitarbeiten," antwortete ich kleinlaut.

„Vielleicht weißt du nur noch nicht, dass du eine neue Waffe baust. Aus meiner Sicht solltest du mit allen Mitteln versuchen herauszubekommen, was der wahre Zweck dieser Flugzeuge ist."

„Das habe ich in gewissem Umfang ja auch versucht. Aber Elon und Herr Kommani werden mir das mit Sicherheit nicht erzählen," antwortete ich verbittert, „und auf unserem Fileserver komme ich nur an die Dokumente, auf die ich unbedingt Zugriff haben muss. Wegen der Sicherheit."

„Das ist auch wieder so ein Punkt," sagte Olga, „diese

enorm hohe Sicherheit bei euch. Das deutet doch auch darauf hin, dass hier etwas verborgen werden soll."

„Ja. Aber alles nützt nichts, ich komme einfach nicht an mögliche interessante Dokumente."

„Willst du dich nicht einhacken?"

„Nichts was ich im Moment lieber machen würde, aber es fehlt das Können."

Ja, um hier endlich Klarheit zu haben, würde ich sogar in Kauf nehmen, Grenzen ins Verbotene zu überwinden. Und wenn hier wirklich Waffen entwickelt würden, und dieses illegal erfolgte, wovon dann auszugehen wäre, dann wäre es meine verdammte Pflicht die Behörden davon zu informieren.

„Ja, ich würde es, wenn ich es könnte."

Olga machte eine Pause. Dann sprach sie deutlich leiser zu mir. „Ich kenne jemanden, der dir dabei helfen kann. Soll ich ein Treffen zwischen euch arrangieren?"

In diesem Moment erschien mir das als die einzige Lösung. Vielleicht war auch das Bier daran Schuld, dass ich einwilligte. Auf jeden Fall war mir zu dem Augenblick nicht bewusst, dass ich gerade an einer Weggabelung des Lebens abgebogen war, die mich ins Chaos führen sollte. Und mir war damals ebenso wenig bewusst, welche Rolle Olga dabei spielte.

Kapitel 14 - Andrej

Zwei Tage später erhielt ich von Olga eine SMS, ob ich abends Andrej, den Cyberspezialisten, treffen könnte. Ich sendete zurück, das ich Zeit hätte, und Olga nannte als Treffpunkt 20:00 Uhr im Lavastein.

Ich kam kurz vor acht am Lavastein an und fragte mich, wie ich Andrej erkennen sollte. Aber als ich durch die Tür eintrat, sah ich dort Olga als Kellnerin. Sie hatte eine weiße Bluse an und trug eine fast bodenlange schwarze Kellnerschürze. Ihr kurzer schwarzer Minirock, den man aber nur von hinten sah, weil die Kellnerschürze ihn vorne überragte, war ein interessanter Kontrast dazu. Olga winkte mir zu und führte mich an einen Tisch, an dem ein junger Mann saß.

„Das ist Andrej," sagte sie zu mir, „er arbeitet bezüglich Cyberangriffen und deren Abwehr."

Andrej stand auf, lächelte mich an und reichte mir die Hand. „Hallo, ich bin Andrej," wiederholte er mit einem harten osteuropäischen Akzent.

Er trug ein lustiges T-Shirt mit einem Computer, über den ein Kondom gestülpt war und dem Text ‚Der sicherste Schutz', sowie Jeans und Sportschuhe. Ich schätzte ihn auf Mitte dreißig. Sein Gesicht war glattrasiert und sonnengebräunt. Er machte von Anfang an einen sympathischen Eindruck.

Nachdem ich mich gesetzt hatte, servierte Olga zwei große Gläser, die mit einer farblosen Flüssigkeit gefüllt waren. „Das ist Wodka," sagte sie mit einem breiten Grinsen, „von Andrej. Sein Lieblingsgetränk."

Nachdem wir angestoßen und einen Schluck getrunken

hatte begann Andrej das Gespräch und kam unverzüglich zum Thema: „Ich habe gehört, dass du Informationen von deiner Firma benötigst, auf die du keinen Zugriff hast. Vielleicht kann ich dir dabei helfen."

„Ja, das stimmt. Es ist für mich sehr wichtig zu wissen, was dort gespielt wird. Ich habe die Vermutung, dass es illegal ist."

„Kein Problem. Ich muss allerdings dort ins LAN. Hast du einen VPN Zugang?"

„Nein, wir haben dort extrem hohe Sicherheitsstandards und können nicht von außen ins Firmennetzwerk."

„Das ist schlecht. Kannst du mich nachts oder morgens ganz früh unbemerkt in euer Firmengebäude bringen?"

„Das ist einfach, ich habe einen Chip, mit dem ich die meisten Türen öffnen kann."

„Nein, nein, das ist ganz schlecht. Wenn ihr so hohe Sicherheitsstandards habt, dann wird sicher irgendwo protokolliert, wer wann an welcher Tür war. Und dann fällt ein eventueller Verdacht sofort auf dich. Ich meinte *wirklich* unbemerkt."

Andrej hatte natürlich recht. Warum hatte ich nicht daran gedacht? Und dann gab es ja auch noch die Videoüberwachung. Mist, wie sollte ich Andrej da unbemerkt ins Gebäude bringen.

„Okay", sagte Andrej schließlich, „du weißt jetzt, worauf es ankommt. Nutze die nächsten Tage und arbeite einen Plan dafür aus. Du musst einfach kreativ sein und Schwächen, die du entdeckst, ausnutzen. Wenn wir im Gebäude sind, dann benötige ich einen LAN Zugang. WLAN habt ihr wohl auch nicht?"

„Nein, aus Sicherheitsgründen natürlich nicht."

„Dann brauche ich ein LAN Kabel, das wir irgendwo unbemerkt abziehen können. Und bevor du es eventuell vorschlägst: dein Arbeitsplatz ist natürlich tabu. Habt ihr einen Netzwerkdrucker?"

„Ja, zwei große, mit dem man auch einscannen und kopieren kann. Wenn man an ihnen ausdrucken will, dann benötigt man aber einen Chip."

„Gut. Ich will den Drucker ja nicht nutzen, sondern sein LAN Kabel abziehen und an meinen Laptop stecken. Dann ist der Drucker zwar nicht mehr erreichbar und eine Systemmanagement Software wie Nagios schlägt Alarm, aber Drucker sind nicht wichtig und deshalb wird um die Uhrzeit sicher niemand darauf reagieren."

Dann erläuterte mir Andrej weitere Details. So musste ich eventuell auch noch einige Videokameras außer Betrieb setzen. Schließlich sagte er zu mir: „So, jetzt weißt du, was du zu tun hast. Du musst das alles planen. Traust du dir das zu?" Dabei sah er mir in die Augen und trank gleichzeitig einen großen Schluck aus seinem Glas.

So ganz wohl war mir inzwischen nicht mehr bei der ganzen Sache. Aber ich wollte kein Waschlappen sein, zumal ich bemerkt hatte, dass uns Olga aus einiger Entfernung beobachtete. Also nahm ich auch mein Glas, trank auch einen großen Schluck und versuchte mit dem Brustton der Überzeugung zu sprechen: „Ich denke schon."

„Das ist gut. Ach so, bevor ich es vergesse, du solltest natürlich auf jeden Fall auch dabei sein. Das erhöht die Sicherheit."

Ich bekam plötzlich kaum noch Luft. Damit hatte ich über-haupt nicht gerechnet. Aber ein Zurück würde mich jetzt als Hosenscheißer und Feigling brandmarken.

„Klar", sagte ich, was jetzt wohl aber nicht mehr ganz so selbstsicher klang. Dann trank ich das Glas aus, und bestellte bei Olga zwei Bier für Andrej und mich.

Kapitel 15 – Der Datenklau

Die nächsten drei Wochen waren für mich eine Achterbahn der Gefühle. Ich hatte von Andrej die Aufgabe bekommen, einen Plan auszuarbeiten, wie wir unbemerkt in die Firma und an einen LAN-Anschluss gelangen könnten. Das war bei dem hohen Sicherheitsstandard überhaupt nicht möglich. Aber mein Vater hatte mir als Jugendlichen bei Problemen immer gesagt, ich solle ihm nicht erklären, warum etwas nicht möglich wäre, sondern lieber, wie man es doch noch hinbekäme. Und diesem Leitsatz folgend, bemühte ich mich intensiv, doch noch eine Lösung zu finden.

Auf der einen Seite wurde mir immer bewusster, dass ich auf dem Weg war, eine Straftat zu begehen. Und obwohl ich durch meine Fliegerei eigentlich panikresistent war –oder bis jetzt zumindest ganz fest dieser Meinung war– bekam ich manchmal kaum zu bändigende Angst, und nachts hatte ich schlimme Albträume. Ich kam mir außerdem wie ein Verräter oder Verbrecher vor. Ein mieses Gefühl, das ich bisher noch nicht kannte.

Auf der anderen Seite war das Ganze aber auch eine wahnsinnig interessante Herausforderung, die mich sehr reizte. Manchmal erschrak ich dabei über die potentielle kriminelle Energie, die scheinbar in mir steckte, und fragte mich, ob das bei allen Menschen genauso wäre oder ob ich hier ein Sonderfall bin.

Wie auch immer, ich bemühte mich intensiv, und mit sehr zwiespältigen Gefühlen, einen entsprechenden Weg zu einem LAN-Kabel zu finden. Als Folge konnte ich mich kaum noch auf meine eigentliche Arbeit konzentrieren.

Das wichtigste dabei war, das hatte mir Andrej noch mitgegeben, genau zu beobachten. Dabei konzentrierte ich mich auf relativ konstant eintretende Dinge und untersuchte diese auf mögliche Schwachstellen. „Leute haben meist feste Gewohnheiten", hatte Andrej damals gesagt, „und an den zugehörigen Handlungsfolgen halten sie oft selbst dann noch fest, wenn sich im Umfeld etwas ändert. Das führt manchmal zu kuriosen Aktionen."

Ich brauchte gut drei Wochen, bis ich tatsächlich einen Weg gefunden hatte um unbemerkt in die Firma und zu einem Netzwerkdrucker im Erdgeschoss zu gelangen. Ich war irgendwie stolz darauf und auch auf mich. Wie verabredet, schickte ich Olga eine Mail und sie organisierte wieder ein Treffen mit Andrej. Schon am selben Abend traf ich mich mit ihm im Schweinske in Bergedorf. Er saß am Bartresen, so dass ich erst später bemerkte, dass er wieder ein lustiges Computer T-Shirt trug. Dieses Mal mit Intel Logo, aber dem geänderten Text ‚Hacker inside'. Andrej hatte ein Bier vor sich stehen und als er mich freudig begrüßte, bestellte er im selben Atemzug auch gleich eines für mich.

Andrej sah mir offenbar an, dass ich begierig war, ihm meinen genialen Plan darzulegen. Deshalb kam auch er gleich zur Sache.

„Dann berichte einmal", sagte er, „was du herausgefunden hast."

Als ich ihm dann meine Idee unterbreitete, nickte er ein paar Mal anerkennend. „Das könnte tatsächlich funktionieren", sagte er nachdem ich fertig war. „Allerdings habe ich zwei Anmerkungen. Erstens solltest du deinen Chip dabei unbedingt zuhause lassen. Denn auch wenn du damit keine Türen öffnest, könnte trotzdem irgendwo ein Sensor vorhanden sein, der den Chip registriert. Und wir wollen schließlich keinerlei Spuren hinterlassen."

„Ich gebe dir im Prinzip recht", antwortete ich, „aber das mit dem zuhause lassen geht nicht. Der Chip ist mir unter die Haut implantiert worden."

„Die sind wirklich gut." Andrej nickte anerkennend. „Aber auch dafür gibt es eine Lösung. Wir werden deinen gesamten Unterarm dick in Aluminiumfolie einwickeln. Dadurch wird elektromagnetische Strahlung abgeschirmt. - Und zweitens möchte ich dich bitten, für jeden einzelnen Schritt deines Plans einen Abbruch- und Fluchtplan zu entwickeln. Wenn bei der Aktion irgendetwas schief geht, dann darf nicht erst dann darüber nachgedacht werden, wie wir unbeschadet und möglichst unerkannt fliehen können, sondern das muss alles schon vorher feststehen."

Andrej schien wirklich ein Profi zu sein. An diese Punkte hatte ich nicht gedacht. Schließlich verabredeten wir, dass ich mich über Olga wieder mit ihm in Verbindung setzen sollte, sofern ich die ganzen Fluchtpläne fertig hätte. Dann wollten wir den nächsten passenden Termin für unsere Aktion nehmen.

Ich ging mit einem sehr gemischten Gefühl nach Hause. Zum einen war ich stolz auf mich, dass ich einen solchen Profi mit meinem Plan überzeugt hatte. Auf der anderen Seite hatte ich fürchterlichen Schiss.

Bereits drei Tage nach unserem Treffen fand die Aktion statt. Wir trafen uns morgens um sechs Uhr in der Nähe von Aertoys und gingen dann ein Stück weiter zu einer Ecke, von der aus wir, durch einen Zaun und einige Büsche auf dem Grundstück, auf den Eingangsbereich von Aertoys schauen konnten. Dort stand auf dem Gehweg direkt vor dem Zaun der Müllcontainer. Ari, unser Hausmeister und Gärtner -also unser Faktotum- hatte ihn am Vorabend dort hingestellt. Aus Gründen der Sicherheit durften die Müllmänner natürlich nicht auf das Grundstück und Ari hatte offenbar keine Lust schon so früh aufzustehen. Deshalb stellte er den Müllcontainer bereits am Vorabend an die Straße und am nächsten Tag, wenn er dann gegen neun Uhr zur Arbeit erschien, den geleerten Container wieder zurück in den Müllraum. Der für uns günstige Schwachpunkt bestand darin, dass er den Container ins Haus zurückbrachte, ohne zu kontrollieren, ob er wirklich geleert worden war. Zum einen schien er den Müllmännern zu vertrauen und zum anderen stellten die den Container direkt nach der Leerung stets ein Stückchen weiter, direkt vor der Eingangstür ab.

Nachdem Andrej meinen rechten Unterarm unter dem Ärmel der Jacke dick mit Aluminiumfolie umwickelt hatte, standen wir dort und warteten darauf, dass die Müllabfuhr ihre Arbeit erledigte. Damit vorbeigehende Personen keinen Verdacht schöpften, stellten wir uns gegenüber und sprachen miteinander. Jeder musste denken, dass wir uns gerade zufällig getroffen hatten und uns unterhielten.

Wir brauchten nicht lange warten, bis der Container geleert wurde. Dann gingen wir um die Ecke zum Container, Andrej klappte den Deckel zurück und ich versuchte hinein zu klettern. Das war doch schwieriger als ich gedacht hatte. Statt elegant einzusteigen plumpste ich über die Kante in den Container. Andrej folgte scheinbar ohne Mühe. Aufgrund der frühen Uhrzeit konnten wir hoffen, dass uns niemand dabei beobachtet hatte. Andernfalls möchte ich nicht wissen, was ein solcher Beobachter dabei gedacht hätte.

Nun brauchten wir nur noch zu warten, bis Ari den Container zurück in den Müllraum brachte. Ich drückte intensiv beide Daumen, dass er dabei nicht bemerkte, dass der Container deutlich schwerer war als üblich.

Da hockten wir nun beide nebeneinander in einer unangenehmen Stellung in der Dunkelheit im Container und warteten. Die Geräusche, die von außen zu mir drangen und durch die Wände etwas verzerrt wurden, konnte ich teilweise nicht einordnen und bereiteten mir teilweise ein unangenehmes Gefühl. Hinzu kam der nicht sehr angenehme Geruch hier drin, der mich zum Würgen veranlasste.

Die Zeit schien unendlich langsam zu vergehen und meine Blase begann immer stärker zu drücken und ich überlegte, wie ich dieses Problem ohne sehr unangenehme Folgen am günstigsten lösen könnte. Doch kurz bevor der Point-of-no-Return erreicht wurde, hörte ich etwas, das ich als Schritte interpretierte und spürte dann plötzlich einen Ruck. Danach laufend Erschütterungen und Rattern. Offenbar schob Ari den Müllcontainer zurück ins Gebäude. Er schien uns tatsächlich nicht im Container zu bemerken.

Nachdem alles wieder ruhig war, Ari also den Müllcontainer wieder zurück in den Müllraum gebracht hatte, warteten wir noch eine Weile bevor wir 'ausstiegen'. Da der Zugang vom Müllraum zum Flur im Erdgeschoss nicht mit einem elektronischen Schloss gesichert war, gelangten wir problemlos in den Flur. Die Räume in diesem Teil des Gebäudes wurden nur selten genutzt. An dem einen Ende befand sich das Treppenhaus und am anderen lag unser großer Seminarraum, wo wir hauptsächlich unsere Firmenmeetings abhielten. Dazwischen gab es Toiletten, eine kleine

Teeküche, die aber nie genutzt wurde, den Müllraum, einen Technikraum sowie in einer Ecke direkt vor dem Seminarraum einen kleinen Netzwerkdrucker. In diesem Teil des Gebäudes war kaum mit unerwarteten Begegnungen von Kollegen zu rechnen. Und ansonsten hatte ich mir für diesen Fall eine gute Ausrede überlegt.

Als wir im Flur angelangt waren, steuerte ich zuerst auf die Toiletten zu. Andrej folgte mir automatisch und schaute mir dann mehr oder weniger beim Pinkeln zu. Danach gingen wir wieder zurück in den Flur. Ich bemerkte, dass Andrejs Blick sofort auf die Überwachungskamera an der Decke fiel.

„Ist okay", sagte ich bevor er eine Frage stellen konnte, „die habe ich vorgestern außer Betrieb gesetzt."

Andrej nickte kurz.

Das mit der Videokamera war wirklich ein größeres Problem gewesen. Es war klar, dass diese Kamera, die den Flur überwachte, am heutigen Tag keine Bilder liefern durfte. Sie auszuschalten war vom Prinzip her keine große Sache. Denn wenn man vom Treppenhaus kam, dann näherte man sich der Kamera von hinten. Meine erste Idee war gewesen, etwas vor das Objektiv zu kleben oder eines der Kabel durchzuschneiden. Doch beim zweiten Überdenken war dieses kontraproduktiv. Falls jemand die ausgefallene Kamera überprüfte, und davon war auszugehen, dann würde er die Sabotage sofort erkennen und wäre gewarnt. Aber schließlich kam ich auf eine andere Lösung. Ich hatte nämlich bemerkt, dass die Spannungsversorgung der Kamera mit einem getrennten Stromkabel und wohl einem Netzteil erfolgte, welches mit einem Stecker in die Kamera gesteckt war. Es war so ein Stecker, wie ihn Ladeteile haben. Also suchte ich bei mir zuhause nach einem identischen Stecker und einer 230V Verlängerungsschnur. Dann tauschte ich die Kupplung an der Verlängerungsschnur gegen den Stecker vom Ladeteil aus. Am nächsten Tag in der Firma näherte ich mich der Videokamera von hinten, zog den Stecker heraus und drückte meinen an der Verlängerungsschnur hinein. Das war aufgrund der Höhe, in der die Kamera angebracht war, gar nicht so einfach. Er passte tatsächlich. Schließlich steckte ich den Stecker der Verlängerungsschnur in eine Steckdose. Ich bemerkte nichts. Nach wenigen Sekunden tauschte ich die Stecker wieder zurück.

Ich war enttäuscht. Ich hatte ein eindeutiges Geräusch oder Qualm erwartet, die mir anzeigten, dass die Kamera nun defekt war. Nun wusste ich aber gar nichts. Hatte sie diese enorme Überspannung vielleicht überlebt? Diese Unsicherheit war natürlich äußerst unbefriedigend, ja man konnte sogar sagen, dass dadurch alles gefährdet war.

Doch dieses Problem löste sich schon nach ein oder zwei Minuten. Während ich noch bei der Kamera stand und darüber nachdachte, wie ich dieses Dilemma vielleicht lösen könnte, kam Ari die Treppe herunter und ging in diesen Flur. Ich ging sofort in Richtung des Netzwerkdruckers.

„Was machen sie denn hier," fragte mich Ari sofort.

„Ich habe meine Ausdrucke aus Versehen auf den falschen Drucker geschickt. Man soll eben doch nicht gleichzeitig telefonieren und am Computer arbeiten."

„Haben sie hier etwas bemerkt?", fragte er, während er auf die Kamera schaute.

Ich suchte krampfhaft nach einer sinnvollen Antwort. Ein einfaches 'nein' erschien mir zu simpel um das Zusammentreffen von mir und dem Kameraausfall als einen Zufall erscheinen zu lassen. Aber vielleicht war das auch nur eine stressbedingte Überreaktion gewesen.

„Ja, als ich die Tür zu diesem Flur öffnete, habe ich dahinten kurz eine Maus gesehen, glaube ich jedenfalls."

„Hmmm."

Während ich den Arm mit meinem Chip an den Drucker hielt um die Ausdrucke freizugeben, die gedruckten Seiten dann entnahm und wieder ging, sah ich, dass Ari die Kamera intensiv untersuchte, aber offenbar nichts finden konnte. Dann murmelte er irgendetwas und ging wieder. Ich hoffte inständig, dass Ari das Kabel, dass ich in der anderen Hand hielt und unauffällig hinter meinem Körper auf der anderen Seite zu verstecken versuchte, nicht sah. Glücklicherweise werden meine Stoßgebete manchmal erhört.

Aber zwei Dinge waren nun eindeutig klar: Erstens die Videokamera arbeitete nicht mehr und zweitens, die Bilddaten wurden irgendwie überwacht. Mit soviel Sicherheit hatte ich doch nicht gerechnet. Ich freute mich insgeheim, dass mein Plan mit der Außerbetriebsetzung der Kamera so gut funktioniert hatte. Wenn Andrej diese Geschichte gekannt hätte, dann hätte er sicher nicht nur sehr kurz genickt, sondern deutlich anerkennend.

Allerdings hatte ich in meinem arroganten Stolz damals die Zeichen zwar richtig erkannt, aber nicht weiter beachtet. Das sollte sich später als ein tödlicher Fehler herausstellen. Da ich die damaligen Ereignisse noch niederschreiben kann, zeigt zwar, dass ich überlebt habe, aber es war äußerst knapp und mit viel Glück verbunden.

Inzwischen waren wir beim Drucker angekommen und Andrej hatte einen winzigen Laptop aus dem kleinen Rucksack, den er auf dem Rücken trug, gezogen. „Klein, alt aber sehr leistungsfähig," sagte er leise zu mir, während er gleichzeitig das LAN-Kabel aus dem Drucker zog. Dann klappte er den Deckel auf und der Laptop erwachte aus dem Ruhemodus. Andrej begann konzentriert mit Eingaben, während er mir leise in Stichworten schilderte, was er gerade durchführte und während ich ängstlich, und wie auf glühenden Kohlen, in den Flur Richtung Treppenhaus schaute. Er schien das Hacken wirklich zu beherrschen! Da ich Informatik studiert habe, kann ich das beurteilen.

Es dauerte eine Zeit, in der ich immer nervöser wurde, bis er endlich „Ich bin drin!" ausrief. „Die mögen zwar in einigen Dingen einen hohen Sicherheitsstandard haben, aber wichtige aktuelle Updates haben sie nicht eingespielt. Das macht die Sache unerwartet einfach."

Dann machte er noch einige Eingaben und schaute mich danach entspannt an. „Ich kopiere jetzt zunächst alle Daten von eurem Mailserver. Wenn das durch ist, dann versuche ich an den Fileserver zu kommen."

„Wie lange wird das dauern", fragte ich.

„Kann man schwer sagen. Hängt von der Datenmenge ab. Ich kopiere mit rund 20 MB/s, das entspricht 72 Gigabytes pro Stunde. Bei einer so kleinen Firma sollte die Datenmenge für alle Mails nicht über 300 GB liegen. Das heißt voraussichtlich unter 4 Stunden, wahrscheinlich aber deutlich weniger. Für den Fileserver kann es aber viel länger dauern.

„Mist." Auf der einen Seite hatte ich nicht mit einer so langen Zeitdauer für unsere Hack-Aktion gerechnet. Andererseits hätte ich mir als Informatiker schon ausrechnen können, wie lange das Kopieren von großen Datenmengen dauert. Aber was sollte es schon ausmachen? Hier in diesem Flur waren wir eigentlich sicher.

Diese Einschätzung war aber nicht der einzige Fehler, den ich bei meiner Planung gemacht hatte.

So standen Andrej und ich also vor seinem Laptop und starrten auf den Bildschirm, auf dem sich eigentlich nichts tat. Doch plötzlich erschrak ich, als ich ein Geräusch hörte, das ich als das Öffnen der Glastür zum Treppenhaus deutete. Ich trat etwas zur Seite, schaute um die Ecke und erschrak noch mehr. Elon und Ari eilten in unseren Flur.

„Scheiße, sie kommen!", rief ich Andrej leise zu und sah mit einem vermutlich sehr erschrockenem Gesicht zu ihm hinüber.

Andrej klappte unverzüglich den Deckel von seinem kleinen Laptop zu, zog das LAN-Kabel heraus und steckte es in den Netzwerkdrucker zurück. Gleichzeitig wandte er sich an mich, wobei auch seine Stimme gereizt klang: „Wohin müssen wir jetzt?"

Kapitel 16 - Maria

Ziemlich genau zur selben Zeit saß Maria vor ihrem Schminkspiegel und machte sich Gedanken über ihre Zukunft. Ich kann mir gut vorstellen, wie sie im Spiegel vielleicht ein graues Haar in ihrer makellosen Frisur oder ein kleines Fältchen um ihre Augen herum entdeckt hatte, was dann der Auslöser dafür war. Jedenfalls kam sie zu dem Schluss, dass sie inzwischen ein Alter erreicht hatte, in dem man unbedingt heiraten und Kinder bekommen müsse. Egal wie sie ihre Situation auch beurteilt haben mag, ich nenne so etwas Torschlusspanik.

Und welchen Grund gab es, dass sie noch nicht, wie die meisten ihrer Freundinnen, unter der Haube war? Sie war hübsch und wohlhabend, und hatte sogar einen anständigen und netten Freund, der eine gute Arbeit hatte und zur wirtschaftlichen Versorgung beitragen konnte. Außerdem war er für sie durchaus gutaussehend und sexy. Apropos Sex, das wollte sie natürlich auch einmal richtig ausprobieren, zumal einige ihrer Freundinnen davon schwärmten. - Auf der anderen Seite konnte sie nicht verstehen, warum ich mich noch immer vor einer Heirat zierte. Hier musste eine Entscheidung getroffen werden. Und wenn ich partout nicht gewillt war, sie zu heiraten, dann gab es ja noch genügend andere Männer. Aber sie würde ja viel, viel lieber mit mir. Und, das mit dem Segelfliegen würde sie mir früher oder später schon abgewöhnen....

Ach ja heiraten. Wahrscheinlich malte sich Maria schon ihre Hochzeit in den wunderschönsten Farben aus, bevor sie beschloss mir eine SMS zu schicken, um hier Klarheit zu bekommen.

Kapitel 17 - Flucht

„Wohin müssen wir jetzt?", wiederholte Andrej seine Frage mit einem dringenden Tonfall und riss mich damit aus meiner Schockstarre.

„Scheiße", dachte ich, „ja, wohin?"

Ich hatte mir zwar für die mir erdenklichen Situationen einen Plan-B überlegt, aber nicht für diesen. Für den Fall, dass jemand bei uns zufällig vorbeigekommen wäre, hätte ich eine gute Ausrede gehabt, und wenn Personen im Treppenhaus oder beim Ausgang gewesen wären, dann wären wir in den Seminarraum gegangen, der stets unverschlossen war und wo sowieso kaum jemand hinkam. Aber dass unser Eindringen entdeckt würde, darauf war ich nicht gekommen.

„Der Seminarraum!", rief ich, mehr zu mir selbst als zu Andrej. Ja, der Seminarraum war unsere einzige Chance, falls es überhaupt eine gab. Er war stets unverschlossen, und weil die Fenster zu Straße lagen, waren sie nicht vergittert. Darüber könnten wir fliehen.

Ich rannte unverzüglich los, in Richtung des Seminarraumes am Ende des Flures. Und obwohl Andrej erst kurz nach mir gestartet war, erreichte er die Tür vor mir und fragte: „Hier?".

Ich antwortete mit einem gepressten „ja" und Andrej öffnete die Tür für mich, als ich gerade schnaufend ankam. Andrej war offensichtlich viel sportlicher als ich. Wenn Ari oder Elon ebenso sportlich waren wie er, dann würden sie mich bald eingeholt haben. So konnte ich nicht entkommen.

In genau dem Augenblick, in dem Andrej die Tür hinter mir wieder schloss und „und jetzt?" fragte, sah ich die Lösung vor mir.

„Fliehe durch das Fenster, ich komme nach", rief ich ihm leise zu.

Aber dann überlegte ich es mir anders, weil nur eine fliehende Person meinen Plan zu durchschaubar machte.

„Nein, öffne nur das Fenster und komme zu mir zurück!"

Währenddessen öffnete ich die letzte Tür in der Schrankwand und schlüpfte hinein. Andrej führte aus, was ich ihm leise zugerufen hatte und kam dann zu mir in den Schrank. Noch bevor ich die Schranktür hinter ihm ganz geschlossen hatte, hörte ich, wie die Tür vom Seminarraum aufgestoßen wurde und Ari und Elon offenbar hineinstürmten.

„Scheiße", dachte ich. „die müssen noch gesehen haben, wir wir die Schranktür geschlossen haben. Und hier sitzen wir in der Falle."

Ich erwartete, dass jeden Moment die Tür geöffnet werden würde. Aber es geschah zunächst nichts. Mein Herz raste und ich versuchte mein lautes stoßweises Atmen unter Kontrolle zu bringen.

Dann höre ich Ari. „Verdammt, die sind durch das Fenster!"

„Kannst Du sie sehen?", hörte ich dann Elons Stimme.

„Nein, aber ich laufe hinterher!"

Dann sprang er offenbar aus dem Fenster und lief davon. Wenig später schien auch Elon, nachdem er das Fenster wieder geschlossen hatte, den Raum durch die Tür wieder zu verlassen. Ich wagte mich immer noch nicht zu rühren und so standen Andrej und ich dort noch eine Zeitlang eingepresst zwischen Flipchart, Stativen und ähnlichem.

„Beeeeep, beeep, beep..."

Ich erschrak fürchterlich, das war der laute Signalton -oder genauer Sound-, wenn eine SMS auf meinem Handy einging. Just in diesem Moment war die SMS von Maria angekommen. Ich griff hektisch in meine Hosentasche, wobei ich meinen rechten Ellbogen heftig in Andrejs Unterleib stieß; dieser stöhnte nur kurz auf. Ich öffnete blitzschnell die SMS, damit der Ton verstummte. Ich konnte ein „Scheiße!" nicht unterdrücken, worauf Andrej mich mit einem leisen „Bsssss" zurechtwies. Ich betete, dass Elon oder Ari das nicht gehört hätten, wobei dieser laute Sound eines E-Varios aus einem Segelflugzeug eigentlich nicht zu überhören war – deshalb hatte ich diesen ja schließlich auch gewählt.

„Das kann niemand überhört haben. Sollen wir nicht lieber abhauen?", fragte ich Andrej.

Ich war inzwischen kurz vor Panik.

„Bleib ruhig. Draußen ist es vielleicht gar nicht aufgefallen." Und so war es schließlich auch.

Nach einer Weile sprach er mich dann ruhig an: „Wir sollten schleunigst sehen, dass wir hier wegkommen. Wenn die die Videoaufnahmen der Überwachungskameras analysieren, dann werden sie ganz schnell darauf kommen, dass wir das Gebäude bisher nicht verlassen haben und dann sitzen wir in der Mausefalle."

Damit hatte Andrej sicherlich recht. So drückten wir die Schranktür auf und gingen vorsichtig in den Seminarraum.

„Und wie geht es jetzt weiter", fragte ich Andrej unsicher.

„Das musst Du doch wissen", fauchte er mich böse an.

„Es war doch alles anders geplant", versuchte ich mich zu entschuldigen. „Aber jetzt ist es vielleicht das beste, wenn wir zurück in den Flur gehen und das Gebäude ganz normal über das Treppenhaus und den Ausgang verlassen. Die Aluminiumfolie kann ich jetzt ja wohl von meinem Arm entfernen und den Chip verwenden. Die wissen sowieso, dass ich mit dabei war."

„In Ordnung", antwortete Andrej, „aber ich habe noch ein paar Punkte." Dann wartete er offenbar darauf, dass ich nickte. „Erstens, hast du gesehen, dass der kleinere der beiden eine Pistole in der Hand hatte?"

Ich erschrak. Ich hatte zwar flüchtig gesehen, dass Ari irgendetwas in der rechten Hand hielt, aber nicht genau was. Eine Pistole? Das konnte ich mir eigentlich nicht vorstellen. Warum sollte ein Hausmeister eine Pistole haben?

„Bist du dir sicher?", fragte ich deshalb.

„Leider ja. Und es war auch keine Schreckschusspistole, auch da bin ich mir auch sicher. Und deshalb solltest du meiner Meinung nach nicht mehr in deine Wohnung gehen. Wenn du viel Glück hast, dann wartet dort die Polizei auf dich und du siehst die Typen dann viel später vor Gericht wieder, wo du verurteilst wirst. Aber ich glaube nicht daran. Wenn jemand schon mit einer Pistole angestürmt kommt, nur weil sich ein fremder Rechner im Netzwerk befindet, dann wird er auch kaum zur Polizei gehen, sondern die Angelegenheit selber regeln. Und du hast sicher genug Fantasie um dir vorzustellen, was das bedeutet."

Ja, die hatte ich ganz gewiss und dass ich kurz davor war

68

mir vor Angst in die Hose zu machen, dass war genauso gewiss.

„Eine Bitte habe ich noch", fuhr Andrej fort, „bitte erwähne Olga niemals. Du möchtest doch sicher nicht, dass sie Ärger bekommt." Dabei sah er mir fest in die Augen.

Nein, ich wollte wirklich nicht, dass Olga durch mich in Schwierigkeiten käme. Diesen Gefallen konnte ich ihm tun. Deshalb nickte ich und bekräftigte es noch mit einem: „Kein Sterbenswörtchen wird über meine Lippen kommen." Vielleicht war dies etwas zu theatralisch und der Situation mit Sicherheit nicht angemessen, Andrej schien das aber nicht zu stören.

„Okay", fuhr er scheinbar ganz ruhig fort, „dann verlassen wir jetzt dieses ungastliche Gebäude. Da du aber offenbar nicht der sportlichste bist, machen wir es wie folgt: Ich gehe zuerst. Wenn jemand irgendwo draußen wartet, dann renne ich los und locke ihn damit weg. Dann kannst du kommen. Sollten sie hinter dir her sein, dann werde ich sie ebenfalls ablenken. An der Straße werden wir uns auf jeden Fall trennen, ich verschwinde nach links und du nach rechts. - Hast du das alles genau verstanden?"

Ich nickte. Andrej schien wirklich ein Profi zu sein und, im Gegensatz zu mir, der Situation vollständig gewachsen.

„Gut", sprach er, „dann viel Glück." Dann zog er eine Art T-Shirt aus ganz dünnem gelben Stoff aus der Hosentasche und streifte es sich über: „Tarnen und Täuschen."

Während ich mit dem Chip in meinem Arm vom Treppenhaus aus die Außenpforte zur Straße für eine Minute entriegelte, ging Andrej seelenruhig zur Pforte, zog sie auf und schritt hindurch. Keine Ahnung, wo Ari und Elon gerade nach uns suchten, hier waren sie offensichtlich nicht.

Ich wartete noch einige Sekunden, dann tat ich es Andrej gleich, wobei allerdings mein Herz so schnell und laut schlug, dass ich jeden Moment erwartete ohnmächtig zu werden. An der Straße angekommen, sah ich Andrej links in einiger Entfernung stehen und mich beobachten. Ich ging dann, wie abgesprochen, nach rechts.

Um es vorwegzunehmen, ich sah Andrej nie wieder oder erfuhr Näheres über die von uns kopierten Mails.

Kapitel 18 – Obdachlos

Ich musste erst einmal meinen Stress abbauen, und deshalb ging ich zu Fuß in Richtung meiner Wohnung. Ich benutzte dabei Umwege, damit ich nicht Ari oder Elon über den Weg lief. Was hatte mich bloß geritten, dass ich mich auf diese Sache eingelassen hatte? Ich sah immer klarer was für ein blöder Idiot ich doch war. Als ich Zweifel bezüglich der Rechtmäßigkeit unseres Projektes gehabt hatte, hätte ich doch nur Elon, oder besser noch Herrn Kommani, zur Rede stellen brauchen. Und wenn ich keine befriedigende Antwort erhalten hätte, dann hätte ich gekündigt. Und wie war meine Situation jetzt? In die Firma konnte ich nicht mehr zurück. Diesen Ast hatte ich mir mit dieser Aktion in schändlicher Art und Weise selber abgesägt. Und zurück nach Hause? Andrej hatte mich davor gewarnt, aber je länger ich darüber nachdachte, umso geringer sah ich das Risiko. Wenn ich Besuch von der Polizei erhielt, womit ich rechnete, dann musste ich eben für die Tat, die ich begangen hatte, geradestehen. Zum einen war ich moralisch dazu verpflichtet und zum anderen gab es sowieso keine Alternative dazu. Allerdings brauchte ich einen guten Rechtsanwalt. War nicht Hendriks Vater Rechtsanwalt? Hoffentlich würde ich durch diese Dummheit meine Fluglizenz nicht verlieren, denn da gab es doch die ZÜP, die Überprüfung auf Zuverlässigkeit.

Andrej hatte zwar angedeutet, dass mich Ari mit einer Pistole besuchen könnte, aber das erschien mir ein Bluff. Schließlich brauchte ich ihm die Wohnungstür ja nicht zu öffnen. Und ich konnte mir nicht vorstellen, dass mich hier in Deutschland jemand auf offener Straße mit einer Pistole bedrohte und einfach niederschoss oder entführte. So etwas gab es doch nur in amerikanischen Serien.

In solcherart Gedanken versunken ging ich durch die letzten Ausläufer des Industriegebietes. Plötzlich bemerkte ich aus den Augenwinkeln heraus, wie ein Auto langsam neben mir fuhr und dann kurz vor mir anhielt. Als dann noch die Fahrertür geöffnet wurde, hatte ich nur noch einen Gedanken, alles andere war blockiert: Ari mit der Pistole! Ich war bisher der festen Meinung gewesen, dass ich als Pilot panikresistent war, aber das stimmte offenbar nicht. In meinen Kopf gab es nur noch „Ari mit der Pistole" und automatisch drehte ich mich um und wollte wegrennen. Doch leider habe ich dabei einen Hundekot Haufen übersehen, auf dem ich jetzt ausrutschte und dann der Länge nach hinschlug. Glücklicherweise dicht neben dem Haufen, sonst wäre alles noch viel mehr Scheiße gewesen.

Der unbekannte Mann, der aus dem Auto ausstieg, sah mich erschrocken an. „Ich komme und helfe ihnen. Bleiben sie ruhig liegen. Ich kenne mich mit erster Hilfe aus."

Worauf ich im Moment am meisten verzichten konnte, war dieser nervige Typ. Also stand ich schnell auf, bemerkte, dass ich offenbar keine ernsthafte Verletzungen hatte und eilte davon.

„Bleiben sie doch!", hörte ich den Typen noch hinterher schreien.

Und schon war ich weg um die Ecke. Erst später bemerkte ich dass ich auf der einen Körperseite ‚schöne' blaue Flecken hatte, was wiederum zur Folge hatte, dass ich nachts nicht mehr auf der rechten Seite liegen konnte. Das war aber in der nächsten Zeit das geringster aller meiner Probleme.

In einem war ich mir inzwischen sicher: Meine Nerven lagen blank.

Nachdem ich meinen Schuh von unten grob gesäubert hatte, wobei mein Mageninhalt zeitweise bis an die oberste Magenkante gedrückt wurde, ging ich weiter in Richtung meiner Wohnung. Das Gehen half dabei, mich von der leichten Hysterie wieder in einen ruhigen, stabilen Zustand zu bringen, so dass ich alles wieder völlig realistisch beurteilen konnte. Ich konnte mir nicht vorstellen, dass Ari mich vor der Haustür mit einer Pistole erwarten würde, wir sind hier schließlich in Deutschland. Trotzdem wollte ich Andrejs Warnung berücksichtigen. Deshalb blieb ich auf dem letzten Stück des Wegen mehrmals in einer Deckung stehen und beobachtete erst alles sorgfältig bevor ich wieder ein kleines Stück weiter ging. Und tatsächlich bemerkte ich auf dem kleinen Parkplatz neben dem Wohnhaus Aris Auto zwischen den anderen parkenden Wagen. Und Ari saß im Auto. Also doch! Andrej hatte recht gehabt.

Was sollte ich jetzt machen? In die Wohnung zu gehen, schien mir keine gute Idee. Und zur Polizei gehen? Die Selbstanzeige wegen des Datendiebstahls erschien mir dabei das kleinere Problem. Aber würde die Polizei mir glauben, dass ich deshalb von einem Hausmeister mit einer Pistole bedroht würde? Wohl kaum. Und schützen konnte sie mich sowieso nicht. Also erschien mir die beste Lösung, eine Zeitlang unter zu tauchen.

Mein erster Gedanke war in einem Hotel ein Zimmer zu mieten. Doch Mist, ich hatte ja morgens meine Brieftasche zuhause vergessen. Ich hatte noch meine Monatskarte für den Bus herausgenommen und bereit gelegt, aber die Brieftasche mit dem Geld, der Kreditkarte usw. liegen lassen.

Und das musste mir gerade heute passieren. Also nichts mit Hotel. Aber zu wem konnte ich? Mein Vater war vor 3 Jahren verstorben und meine Mutter wohnte in einem Altenheim –sorry, ich meine in einem Seniorenheim. Die restlichen Verwandten waren in Deutschland verstreut und ich habe zu keinem einen solchen Draht, dass ich dort einfach auftauchen konnte um ein paar Tage zu wohnen.

Also war mein nächster Gedanke natürlich Maria. Aber je länger ich diesem Gedanken nachging, umso weniger gefiel er mir. Zum einen Bestand die Möglichkeit, dass ich Maria dadurch gefährdete. Denn in der Firma war meine feste Beziehung zu Maria bekannt und es war nicht unwahrscheinlich, dass Ari oder Elon auf die Idee kamen, dass ich dorthin flüchten könnte. Aber was mich viel mehr von diesem Plan abhielt, waren die strengen und spießbürgerlichen Eltern. Könnte ich mich dort genügend unterordnen? Und was, wenn sie erfuhren, dass ich in der Firma riesigen Mist gebaut hatte. Schließlich war ja nicht zu übersehen, dass ich nicht mehr in die Firma zur Arbeit ginge.

Und mein Kollege Fred? Er war ein echter Kumpel und ich hatte ihn auch einmal zum Segelfliegen mitgenommen. Ja, bei Fred konnte ich mir vorstellen, dass es möglich war ein paar Tage zu wohnen. Vom Segelfliegen hatte ich noch seine private Handynummer gespeichert. Voller Zuversicht wählte ich diese und er meldete sich auch sofort.

„Hallo Fred, hier ist Marc. Ich habe ein kleines Problem und kann deshalb vorübergehend nicht in meine Wohnung. Kannst du mir vielleicht irgendwie helfen?"

Es dauerte eine Weile, bevor Fred antwortete.

„Weiß du", sagte er dann, „du bist ein guter Kumpel und ich

mag dich sehr." Dann entstand wieder eine Pause und ich überlegte währenddessen, was dieser Satz zu bedeuten hatte. Da Fred nicht schwul war, konnte es nur die Einleitung zu etwas Schlimmerem sein. Schließlich fuhr er fort, wobei ihm das offenbar schwer fiel: „Ich will auch gar nicht wissen, was heute früh in der Firma vorgefallen ist und würde auch trotzdem zu dir stehen. Aber ich habe nun einmal eine Familie, die ich versorgen muss. Verstehe es also nicht falsch, aber ich kann dir nicht helfen. Du hast es ja nicht mitbekommen, aber heute Vormittag hat Herr Kommani eine Firmenversammlung einberufen und von Sabotage berichtet, an der du beteiligt gewesen sein sollst. Er hat uns ausdrücklich vor dir gewarnt und verlangt, dass jeder, der etwas über deinen Aufenthalt erfährt, es ihm unverzüglich mitzuteilen hätte."

Daher wehte also der Wind. „Ist in Ordnung, Fred. An deiner Stelle würde ich auch nicht anders entscheiden. Es war auch nur ein Versuch."

„Schön, wenn du mich verstehst." Fred klang erleichtert. „Ich werde auch niemandem von unserem Telefonat berichten; es hat einfach nie statt gefunden. Und viel Glück. Versuche zu überleben und lass dich nicht unterkriegen." Dann legte er auf.

Jetzt war ich so ziemlich am Ende. Es war zwar Sommer, aber sollte ich mich wie die aus unser Gesellschaft gefallenen, die sogenannten Obdachlosen, unter die Alsterbrücke legen?

Plötzlich kam mir ein Gedanke. Er war total verrückt, aber versuchen konnte ich es immerhin. Schlimmer konnte es sowieso nicht mehr werden.

Ich suchte Olgas Nummer auf meinem Smartphone heraus und drückte darauf. Es kam kurz zweimal ein Klingelzeichen und unmittelbar darauf ein Besetztzeichen. Ich probierte es einige Sekunden später noch einmal, aber das selbe Ergebnis. Es sollte heute einfach nicht sein.

Doch wenig später zeige ein lautes Piepen an, dass ich eine SMS bekommen hatte. Ich schaute darauf. „Bin im Seminar. Rufe später zurück." lautete der Text. Okay, ein Hoffnungsschimmer blieb also noch. Aber was sollte ich jetzt machen?

Ich war schließlich in der Bergedorfer City sozusagen Shoppen gegangen und hoffte mehr oder weniger auf ein Wunder. Da ich ja kein Geld bei mir hatte, konnte ich mir alles nur anschauen. Aber wenigstens gab es in den Kaufhäusern kostenlose WCs.

Eigentlich hasste ich, wie wohl die meisten Männer, Einkaufsbummel und versuchte stets Einkaufen mit Maria zu umgehen. Besonders nervig war es immer, wenn Maria sich zwischen zwei sehr ähnlichen Teilen nicht entscheiden konnte. Lange debattierte sie dann mit mir darüber, welches das schönere wäre und schwankte hin und her, um schließlich sichtlich sauer ohne eines von beiden den Laden zu verlassen. Und meist gingen wir dann nach einiger Zeit in den Laden zurück um doch noch eines der beiden zu kaufen. - Heute hatte ich allerdings einen guten Grund, mich hier aufzuhalten, denn zwischen so vielen Leuten würde mich sicherlich kein Ari angreifen, sofern er mich überhaupt finden würde.

Nach knapp zwei Stunden rief mich Olga dann zurück und ich schilderte ihr kurz meine Lage.

„Ich hatte schon von Andrej eine kurze Nachricht erhalten",

sagte sie daraufhin, „dass die Sache teilweise schief gegangen ist. Natürlich kannst du kurzzeitig bei mir wohnen, allerdings ist meine Wohnung winzig. Wenn dir das nichts ausmacht."

Weil mir alles lieber war, als bei den Obdachlosen unter der Alsterbrücke, stimmte ich dankend zu, und Olga gab mir die Adresse durch und sagte, dass sie gegen 16:00 Uhr aus der Uni zurück sein würde. Also ging ich erst einmal, jetzt sehr viel erleichterter, weiter ‚Shoppen'.

Kapitel 19 - Bei Olga

Olga wohnte in Mümmelmannsberg, das sind mit dem Bus rund 20 Minuten von Bergedorf. Es war deshalb für mich kein Problem mit meiner Monatskarte dorthin zu kommen, und so stand ich schon eine halbe Stunde zu früh vor dem Haus in dem Olga wohnte und klingelte vergeblich. Dieser Stadtteil war in den 70'er Jahren auf der grünen Wiese errichtet worden und besteht zum großen Teil aus Plattenbauten die wohl knapp zwanzigtausend Menschen Wohnraum bieten. Zumindest früher war der Ausländeranteil hier sehr hoch und heute leben überdurchschnittlich viele Arbeitslose in dieser Großwohnsiedlung. Also keine bevorzugte Wohngegend in der Olga wohnte. Aber egal.

Kurz vor fünf kam Olga dann auch. Sie strahlte regelrecht, als sie mich vor dem Eingang stehen sah, und begrüßte mich freudig. Olga wohnte in der vierten Etage, und obwohl das Haus einen Fahrstuhl hatte, ging sie die Treppen lieber zu Fuß. Zum einen war das ihre Art sich fit zu halten und zum anderen hasste sie in kleinen engen Räumen ‚eingesperrt' zu sein. Ich folgte ihr, wobei ich oben angekommen doch schon ein bisschen keuchte.

Olgas Wohnung war klein. Von einem winzigen Flur gingen das sehr kleine Badezimmer und ein Wohn-/Schlafraum ab, und von diesem wiederum gelangte man in eine ebenfalls sehr kleine Küche. Alles war recht zweckmäßig eingerichtet. Neben einem großen Bett standen eine kleine Coach und gegenüber eine Regalwand mit einem Fernseher. Am Fenster gab es einen schmalen Schreibtisch. Es war zwar nicht alles ganz ordentlich, und ab und zu gab es auch ein bisschen Staub, man konnte es aber auch nicht direkt als unordentlich bezeichnen. Das war bei Maria natürlich ganz anders. Dort lag nichts einfach herum.

„Das ist mein Reich", sagte Olga und machte mit dem Arm eine allumfassende schwenkende Bewegung. „Nicht sehr groß, aber für mich vollkommen ausreichend. Und leider auch nicht ganz so ordentlich, wie ich es gerne hätte, aber neben Uni und Arbeit bleibt einfach zu wenig Zeit übrig. Ich schlafe im Bett und du kannst auf dem Sofa schlafen. Und wenn du Sex brauchst, dann sage einfach Bescheid. Ansonsten lass mich in Ruhe schlafen"

Ich war perplex und es ist mir bis heute unklar, ob das letzte ein Angebot war oder eine abschreckende Wirkung haben sollte. Bei mir erreichte sie damit jedenfalls letzteres.

Um es zusammen zu fassen: Ich blieb ein paar Tage länger bei Olga als ich es unbedingt hätte müssen, und es war eine sehr schöne Zeit. Sie war vormittags, und meist auch nachmittags, in der Uni, und abends arbeitete sie im Lavastein. Dazwischen und am Wochenende machte sie auf ihrem Laptop Ausarbeitungen für die Uni. Wenn Olga etwas Zeit hatte, dann aßen wir zusammen oder tranken ein Glas Bier beziehungsweise Wodka. Und mit Olga konnte man sich über jedes Thema angenehm unterhalten. Übrigens habe ich in diesen Tagen auch sehr viel über Atomphysik erfahren, denn Olga konnte das sehr anschaulich erklären. Das war alles völlig anders als bei Maria, ebenso wie die Unterwäsche von Olga. Olga trug stets schlichte und sehr kleine BHs und Höschen, in denen sie dann auch ungeniert in der Wohnung umherging. Es war ja schließlich auch ihre Wohnung. Allerdings bin ich ein Mann und das rief bei mir eine entsprechende Reaktion hervor. Und obwohl Olga das sicher nicht störte oder es vielleicht sogar als Kompliment auffasste, schämte ich mich und versuchte es stets zu verbergen.

Größer als bei Olga und Maria konnte ein Gegensatz zwischen zwei Frauen kaum sein.

Kapitel 20 – Besuch bei mir

Ich hatte zwar bei Olga ein Dach über dem Kopf, ein Sofa zum Schlafen und Essen und Trinken, damit war aber keines meiner anderen Probleme auch nur annäherungsweise gelöst. Als erstes schrieb ich, auch auf Anraten von Olga, eine Kündigung an Aertoys. Damit war ich formal korrekt. Das nächste Problem war Maria. Ich konnte ihre Telefonanrufe schließlich nicht unendlich lange wegdrücken und ihre SMS unbeantwortet lassen. Also musste eine Notlüge her. Ich schrieb ihr schließlich eine SMS, dass ich von der Firma aus auf einem Testgelände in Süddeutschland geheime Testes durchführen musste und deshalb keinen Kontakt zur Außenwelt haben konnte. Das ganze hätte sich sehr kurzfristig ergeben. Ich habe nie erfahren, ob Maria mir das geglaubt hat. Auf der einen Seite war sie klug, auf der anderen Seite aber auch manchmal sehr naiv.

Der nächste Punkt war, dass ich dringend Sachen aus meiner Wohnung benötigte. Zum einen natürlich meine Brieftasche, damit ich wieder Geld hatte. Zwar sind Männer nicht so anspruchsvoll, aber mit einer Unterhose und auch sonst keinen Klamotten zum Wechseln, kam selbst ich nicht weit. Wie gesagt, ich musste eigentlich unbedingt kurz in meine Wohnung. Allerdings schien die ja überwacht zu werden. Ich habe auch dieses mit Olga besprochen und sie meinte, dass es sich nur eine große Organisation wie zum Beispiel die Polizei oder ein Geheimdienst leisten könne, ein Objekt für eine längere Zeitdauer pausenlos zu observieren. Und sie glaube nicht, dass so etwas hinter Aertoys stehe. Spätestens wenn die der Meinung wären, dass ich Lunte gerochen hätte und nicht mehr zurückkommen würde, dann brächen sie die Überwachung ab. - Das waren Gedanken, die mir auch schon gekommen waren und die Olga eigentlich nur bestätigte. Ich hatte somit beschlossen, kurz zurück in meine Wohnung zu gehen.

Aber dann sprach Olga noch eine wichtige Warnung aus. Ich sollte vorsichtig sein, es könnten Fallen installiert sein.

„Fallen?", fragte ich ganz erstaunt.

„Ja. Es können bei deiner Wohnung Geräte installiert worden sein, die jemanden signalisieren, wenn du zu der Wohnung kommst."

Ich konnte mir so einen Unsinn nicht vorstellen. Vielleicht hatte Olga zu viele Agentenfilme gesehen.

„Wir sind hier doch nicht bei Geheimagenten", antwortete ich frech.

Die nachfolgende Reaktion von Olga kam unerwartet und ich habe sie erst sehr viel später verstanden: Olga versuchte verzweifelt ein breites Grinsen zu unterdrücken. Kurz danach schien sie traurig zu sein.

„Pass trotzdem auf dich auf", sagte sie schließlich, „bitte."

Am Abend bin ich dann zu meiner Wohnung gefahren. Bevor ich zur Eingangstür des Wohnhauses ging, beobachtete ich zunächst die Gegend für längere Zeit. Es war aber weder Ari, noch sonst etwas Verdächtiges zu sehen. Schließlich ging ich schnell zur Eingangstür, schloss sie auf, und eilte ins Treppenhaus. Dort blieb ich wieder eine Zeit lang im Dunkeln stehen und schaute aus einiger Entfernung durch die Glasscheibe nach draußen. Wieder tat sich nichts. Also drückte ich auf den Lichtschalter und stieg die Treppe zur zweiten Etage hoch. Vor meiner Wohnungstür nahm ich den Schlüssel aus der Tasche und wollte gerade die Tür aufschließen, als ich vernahm, dass hinter mir eine Wohnungstür geöffnet wurde. Erschrocken drehte ich mich um und sah, wie Frau Göthe ihre Wohnungstür aufmachte und herausschaute.

„Ach sie sind es, Marc", sprach sie mich an. „Ich habe sie ja ein paar Tage nicht gesehen. Wo waren sie denn?"

Typisch Frau Göthe. Alles will sie wissen um danach ihr Wissen als lebende Zeitung weiter zu verbreiten. Ich wette, sie hat hinter der Tür gestanden und beobachtet, was im Treppenhaus vorging. Deshalb hatte sie sich ja wohl auch einen Türspion einbauen lassen. Na ja, nachdem ihr Mann verstorben war, hatte sie als Rentnerin wohl sonst auch nicht viel zu tun. Irgendwie konnte ich sie schon verstehen, aber lästig war sie allemal.

„Ich musste beruflich ganz unerwartet und plötzlich nach Süddeutschland."

„Sie haben aber gar keinen Koffer dabei."

Etwas musste man Frau Göthe lassen, auf den Kopf war sie nicht gefallen. Jetzt sollte ich besser eine gute Ausrede finden.

„Äh, sie sind eine gute Detektivin. Ich bin tatsächlich mit ganz wenigen Sachen losgefahren, weil es nur zwei Tage dauern sollte. Jetzt soll ich aber längere Zeit dort bleiben, deshalb bin ich zurück um weitere Sachen zu holen. Sie werden mich also auch längere Zeit nicht sehen."

Puh, das hatte ich gerade noch einmal hinbekommen. Ich war sogar ein bisschen stolz darauf.

„Na ja, dann wünsche ich eine angenehme Reise und einen guten Aufenthalt. Wie hieß der Ort noch einmal, wo sie hin wollen? Ach übrigens, ihr Bekannter hat inzwischen ja nach ihrer Wohnung gesehen."

Mich traf es wie ein Schock. Den einzigen Schlüssel für meine Wohnung hatte ich, nicht einmal Maria hatte einen. Sollte Olga mit den Fallen doch recht haben? Ich fiel vom Glauben ab.

„Ich habe niemandem einen Wohnungsschlüssel gegeben. Sind sie ganz sicher, dass jemand in meiner Wohnung war?"

„Ja, vorgestern Abend. Ich hatte etwas Eigenartiges im Treppenhaus gehört, und habe dann durch den Türspion geschaut und gesehen, wie ein Herr ihre Wohnungstür aufgeschlossen hat. Allerdings schien ihr Schloss zu klemmen, er hat einen Moment gebraucht, bis es aufging."

Und nachdem sie mein erstauntes Gesicht gesehen hatte, fuhr sie fort: „Ich dachte, dass das in Ordnung wäre."

„Leider nicht. Wenn sie jemanden in meine Wohnung gehen gesehen haben, dann kann es nur ein Einbrecher gewesen sein." Ich schaute mir das Türschloss an: Es schien unbeschädigt zu sein. „Andererseits kann ich keine Beschädigung am Schloss erkennen."

„Ich sage ihnen ja, dass er die Tür aufgeschlossen hat. Schließen sie doch einfach ihre Tür auf, dann können wir in die Wohnung schauen."

Jemand war in meiner Wohnung gewesen, hatte aber das Türschloss in keiner Weise beschädigt. Jetzt war ich vollends alarmiert. Ich überlegte fieberhaft, ob ich jetzt einfach die Tür aufschließen und in die Wohnung gehen sollte oder lieber nicht. Es blieb mir doch gar nichts anderes übrig, als in die Wohnung zu gehen und die Sachen zu holen. Aber dann fiel mir ein, was ich einmal in einer dieser amerikanischen Krimiserien gesehen hatte. Dort hatte der Mörder eine Selbstschussanlage in der Wohnung installiert, die durch das Öffnen der Tür ausgelöst wurde.

„Ich habe auch gesehen, wie der Herr ihre Wohnung nach einer knappen halben Stunde verlassen hat. Sie können ruhig aufschließen, es besteht keine Gefahr", unterbrach Frau Göthe meine Gedanken.

„Na, die hat gut reden", dachte ich. Mir ging die Selbstschussanlage nicht aus dem Kopf.

Heute ist mir völlig klar, dass das alles völliger Quatsch war, und ich verstehe nicht, wie mir damals so etwas im Kopf herumgehen konnte. Aber so war es nun einmal gewesen.

„Ich will aber lieber vorsichtig sein", antwortete ich Frau Göthe, schloss die Tür auf und öffnete sie nur einen ganz kleinen Spalt. Nichts passierte. Als nächstes versuchte ich durch den Spalt zu schauen. Da es in der Wohnung dunkel war, sah ich kaum etwas. Soweit ich es beurteilen konnte, sah alles normal aus. Aber ich konnte, wie gesagt, nur wenig erkennen. Also schaltete ich die Taschenlampenfunktion in meinem Handy ein und leuchtete durch den Spalt. Alles, was ich sah, war wie immer. Aber direkt hinter der Tür, bei den Angeln, könnte noch etwas sein. Also aktivierte ich bei meinem Smartphone die Kamerafunktion und steckte den obersten Teil so weit durch die Ritze, dass ich mit dem Handy quasi um die Ecke sehen konnte. Diese eigentlich geniale Idee wurde allerdings durch die schlechte Ausführbarkeit begrenzt. Trotzdem: wieder nichts. Nun war ich deutlich beruhigter und öffnete die Tür weiter. Immer noch nichts Außergewöhnliches. Schließlich trat ich vorsichtig in die Wohnung und schaltete das Licht ein.

„Ich habe ihnen doch gesagt, dass sie ruhig in die Wohnung gehen können. Es besteht keine Gefahr."

Ich erschrak. Ich war so extrem konzentriert gewesen, dass die Worte von Frau Göthe die Anspannung zerrissen.

„Ja, äh, danke, ich weiß. Ich möchte nur keine eventuellen Spuren verwischen", log ich.

Dann ging ich durch die gesamte Wohnung, Raum für Raum, und sah mich um. Und Frau Göthe tapperte stets zwei Schritte hinter mir her.

Eine Winzigkeit viel mir dabei auf, was ich allerdings nicht vor Frau Göthe untersuchen wollte; ansonsten war alles, wie es sein sollte. Selbst meine Brieftasche lag auf dem üblichen Platz auf dem Flurschrank. Und als ich hinein-schaute, waren Geld, Ausweise und Kreditkarten alle noch dort.

Ich drehte mich um und schaute Frau Göthe an. „Es ist scheinbar nichts gestohlen worden." Dazu zuckte ich mit den Schultern.

„Sie habe ja noch nicht in die Schränke, zwischen die Wäsche, geschaut."

Okay, jetzt wusste ich, wo Frau Göthe ihre paar Wertsachen aufbewahrte. Das war eine gute Chance sie jetzt endlich los zu werden.

„Das brauche ich auch nicht. Im Gegensatz zu ihnen habe ich nichts zwischen der Wäsche versteckt", sagte ich grimmig und sah Frau Göthe dabei an. Der fiel fast der Unterkiefer runter. - Inzwischen tat mir leid, dass ich dieses, und auch noch harsch, gesagt hatte. Vermutlich war das von mir auch eine Reaktion auf die ganze Anspannung, die sich hierin entlud.

„Sie brauchen mich jetzt ja wohl nicht mehr, Marc. Dann gehe ich wieder in meine Wohnung zurück."

„Einen schönen Abend noch und noch einmal vielen Dank für ihre Unterstützung. Und ich meine das ehrlich, Frau Göthe."

Na, hoffentlich hatte ich das noch einmal zurechtbiegen können. Jedenfalls verließ Frau Göthe meine Wohnung und zog die Wohnungstür hinter sich zu.

Jetzt konnte ich endlich genauer nachschauen, was in der Nische zwischen Flurschrank und Wand auf dem Fußboden lag. Ich konnte es zunächst nicht glauben: Es war ein Smartphone. Also hatte Olga doch recht gehabt mit er Falle! Darauf lief bestimmt irgendeine App, die den Raum über-wachte und Ari, oder wer auch immer dafür verantwortlich war, wusste jetzt, dass ich in meiner Wohnung war. Sicher-lich würden er, oder vielleicht auch mehrere, jetzt schon auf dem Weg hierher sein.

„Scheiße!", schrie ich wütend. Und mehr um meiner schnell aufflammenden Wut Platz zu machen, denn als Abwehr-maßnahme, kickte ich das Handy mit dem Fuß aus der Ecke heraus und trampelte dann wütend darauf herum, als ob es galt eine Kackalacke umzubringen. Doch das Handy schien sich zu wehren: Zuerst roch es verschmort und schon wenig später trat Rauch aus.

„Scheiße!"

Offenbar hatte sich durch meine Aktion der Akku entzündet. Viele Optionen gab es in so einem Fall nicht. Deshalb kickte ich es mit dem Fuß auf eine kleine Matte, die sich nicht weit entfernt davon auf dem Boden befand, nahm diese, eilte zum Fenster, öffnete es und warf beides hinaus auf den Rasen. Dort konnte der Akku, den man sowieso nicht löschen könnte, gerne in Frieden ausbrennen.

Doch nun war Eile geboten, da meine Verfolger sicherlich schon kurz vor meiner Wohnung waren. Jedenfalls war ich fest dieser Meinung. Also zog ich meinen kleinen Reisekoffer schnell vom Schrank, grapschte mir eilig ein paar Sachen und warf sie in den Koffer. Und im Nu war ich wieder aus meiner Wohnung und im Treppenhaus. Ich wollte von denen nicht in meiner Wohnung erwischt werden, zumal ich irgendwo einmal gelesen hatte, dass die Mafia Leute gerne mit nacktem Hintern auf eine Herdplatte setzt und die Platte dann einschaltet. Zwar hatte ich einen Induktionsherd und Ari und Konsorten gehörten wohl nicht zur Mafia, aber er kannte bestimmt ebenbürtige Methoden.

Als ich im Treppenhaus war, hörte ich, dass die Haustür aufgeschlossen wurde und danach vermutlich zwei Personen eilig die Treppe hinaufstürmten. „Sie kommen!", war mein einziger Gedanke. Deshalb ging ich so leise wie möglich die Treppe nach oben zur obersten Etage hoch und blieb dort stehen. Ich wagte kaum zu atmen und lauschte, was weiter geschah. Sie eilten noch eine Zeitlang wortlos die Treppe nach oben, blieben dann offensichtlich stehen, und schlossen eine Wohnungstür auf. Das Aufschließen dauerte einen kleinen Moment und hörte sich so an, als ob mehrere Versuche gebraucht wurden. Dann wurde die Wohnungstür geöffnet, die Personen gingen wohl hinein und schließlich wurde die Tür wieder geschlossen.

„Dass ist deine Chance", sagte ich zu mir selbst. Leise stieg ich die Treppe wieder hinunter und als die automatische Treppenhausbeleuchtung ausging, traute ich mich nicht, das Licht wieder einzuschalten. Als ich endlich aus der Haustür auf den Fußweg trat, eilte ich erleichtert davon. Noch einmal entkommen!

Kapitel 21 – Wieder bei Olga

Als ich in Olgas Wohnung ankam, war sie aus der Arbeit im Restaurant noch nicht wieder zurück. Ich setzte mich zuerst einmal hin und wollte auf sie warten. Dabei ging mir unwillkürlich der Abend durch den Kopf. Wenn ich es jetzt mit etwas Abstand betrachtete, dann hatte ich überreagiert, wo ich besser kühl und rational bleiben sollte. Und das bei mir als Piloten. Es blieb zwar Fakt, dass ein Einbrecher bei mir in der Wohnung gewesen war, denn Frau Göthe mochte zwar eine Tratschtante sein, aber an der Zuverlässigkeit ihrer Augen und ihres Gedächtnisses bestand kein Zweifel. - Letzteres musste ich später noch einmal bereuen.

Auf der anderen Seite gab es aber keinen zuverlässigen Hinweis auf ein Falle in meiner Wohnung. Vielleicht hatte der Einbrecher das Handy nur zufällig verloren. Sofern er es für eine Alarmierung eingesetzt hätte, die ihn benachrichtigte wenn ich in die Wohnung kam, dann hätte er das Handy sicherlich geschickter platziert. Außerdem reicht in so einem Fall der Akku nicht lange. Er hätte es an den Strom oder eine Powerbank angeschlossen. Auf der anderen Seite, wenn er es dort verloren hätte, dann hätte er sein Smartphone sicherlich bald vermisst und wäre in die Wohnung zurückgekehrt um es dort zu suchen. - Ob Falle oder verloren, das würde ich jetzt wohl nie mehr klären können. Nur, wenn das Handy keine Falle war, was hatte der Einbrechen dann in meiner Wohnung gewollt?

Nachdem Olga nach Hause gekommen war, erzählte ich ihr von meinem Besuch in meiner Wohnung. Dabei kam ich mir bei der Schilderung meines Verhaltens ziemlich blöde vor.

„Ja, das mit dem Handy war wirklich ziemlich unprofessionell", merkte Olga an. „Es hätte noch wichtige Spuren liefern können. Du hättest nur den Akku herausnehmen brauchen. Leute wie Andrej hätte dann später aus dem Handy bestimmt jede Menge an Informationen herauslesen können. Aber jetzt ist es nicht mehr zu ändern. - Apropos Andrej, ich habe eine Nachricht von ihm erhalten."

„Von Andrej? Erzähle, was hat er herausgefunden?" Ich war gespannt wie ein Flitzbogen.

„Noch nicht sehr viel. Er ist mit Kollegen noch dabei, die Verschlüsselung der Mails zu knacken. Aus den wenigen unverschlüsselten Mails ist aber erkennbar, dass wohl eine völlig geräuschlose Drohne entwickelt werden sollte. Das bisherige Flugzeug ist möglicherweise nur ein kleines Testmodell. Mehr weiß ich auch nicht."

Ich hatte also recht gehabt, dass hier kein Spielzeug entwickelt wurde. Ich hatte mich zwar inzwischen durch mein Misstrauen so richtig in die Scheiße geritten, aber vielleicht war es doch gut so, und ich konnte hier noch etwas Gutes für den Rest der Welt tun. Wenn die Informationen komplett wären, könnte man sie zum Beispiel der Presse zuspielen. Wahrscheinlich könnte ich mich so auch wieder rehabilitieren.

Aber als Olga das so sagte, drängte sich mir eine Frage auf, die ich jetzt auch stellte: „Wieso Kollegen von Andrej?"

Olga schien verlegen. „Na ja, soviel ich weiß, benötigt man schon entsprechende Hardware und Software um Verschlüsselungen zu knacken. Und die hat Andrej nicht. Aber dafür hat er eben Kollegen, die ihm helfen. Du möchtest doch sicher wissen, was in den Mails steht?"

Natürlich wollte ich das, keine Frage. Aber so langsam schien mir die Sache aus den Fingern zu gleiten und einen größeren Umfang anzunehmen. Wer alles wurde denn noch mit hineingezogen? Am Ende noch der Geheimdienst?

Während Olga und ich trotz der späten Stunde noch ein Bier tranken, ging mir all dieses durch den Kopf. Olga schien das zu spüren.

„Sag einmal Marc, was hast du eigentlich? Irgendetwas scheint dir ganz offensichtlich Sorgen zu bereiten", fragte sie und riss mich damit aus meinen negativen Gedanken.

„Weißt du, ich bin da Schritt für Schritt in eine Sache hineingeschlittert und weiß nicht, wie ich wieder herauskommen soll. Es fing damit an, dass ich mich fragte, was wir bei Aertoys eigentlich entwickeln. Dann habe ich mich zu einem Datendiebstahl, also zu einer kriminellen Handlung, hinreißen lassen. Und inzwischen kann ich nicht mehr in meine Wohnung zurück, bin meinen einmalig guten Job los und leide möglicherweise unter Verfolgungswahn. Vor allem, wie soll es bei mir jetzt weitergehen? Soll ich mich den Rest meines Lebens verstecken? Und vor wem? Das ist doch illusorisch." Ja, ich wurde mir meiner Situation immer mehr bewusst. Das war inzwischen kein Spiel mehr.

Olga sah mir tief in die Augen. „Weißt du, Marc, ich habe dich unheimlich gerne. Deshalb gebe ich dir eine Empfehlung, auch wenn mir das am Ende sehr schaden kann. Ich kenne einen sehr hilfsbereiten Mann bei der Kriminalpolizei. Er hat vielleicht Ecken und Kanten, aber er bemüht sich sehr, wirklich zu helfen. Du solltest dich an ihn wenden und einen Schlussstrich unter diese ganze Angelegenheit ziehen. Ich vermute, dass du mit einer Bewährungsstrafe davonkommst."

Dann schlug Olga die Augen nieder. „Ich habe leider auch dazu beigetragen, dass du den Datendiebstahl mit durchgeführt hast. Wenn ich dich damals besser gekannt hätte, dann hätte ich den Kontakt zu Andrej nicht hergestellt. Es tut mir wirklich leid."

Es entstand eine Pause, wobei mir viele Gedanken durch den Kopf gingen.

„Es ist nicht deine Schuld, Olga. Ich hätte nicht mitmachen brauchen. Aber ich war so verbohrt gewesen und habe mich immer weiter hinein gesteigert."

„Doch, es ist meine Schuld. Und jetzt erzähle ich dir von dem Kriminalkommissar. Ein Bekannter von mir wurde verfolgt und sein Leben war bedroht. Dann gab ihm jemand die Telefonnummer von Kriminalkommissar Heise und er hat ihm geholfen. Der Bekannte hat mir hinterher von ihm erzählt und mir für den Fall der Fälle seine Nummer gegeben. Der Kommissar soll sehr hilfsbereit und unkonventionell sein. Allerdings soll er auch einige Ecken und Kanten haben. Ich bin mir sicher, dass er dir helfen kann."

Ja, das war sicher eine gute Möglichkeit endlich aus der Sache herauszukommen. Aber auf der anderen Seite, wenn ich dadurch Olga sehr gefährden würde, dann würde ich zuerst alle anderen Möglichkeiten ausschöpfen. Nur, wieso würde ich Olga überhaupt gefährden? Sie hatte mit der Sache doch eigentlich überhaupt nichts zu tun.

„Olga, ich mag dich auch sehr gerne, und deshalb möchte ich zuerst keinen Kontakt mit dem Kommissar aufnehmen. Ich möchte weder Andrej noch insbesondere dich gefährden. Bei Andrej verstehe ich ja, dass es ihm massiv schadet, aber bei dir nicht. Du hast doch mit der Sache gar nichts zu schaffen."

„Ach Marc, wenn das alles so einfach wäre. Aber ich kann darüber nicht sprechen. Komm, lass uns dieses Thema für heute beenden und noch ein Bier trinken. Prost!"

Kapitel 22 – Riesiges Schlamassel

Am nächsten Tag hatte Olga nur kurz in der Uni zu tun. Deshalb hatten wir uns für 14:00 Uhr in Bergedorf verabredet, um einkaufen zu gehen. Da ich ja eigentlich nichts zu tun hatte, fuhr ich schon früher nach Bergedorf und setzte mich am Sievers Brunnen auf ein Bank und wartete. Die meisten Bänke waren von Rentnern besetzt, wobei jeder mehr oder weniger in der Mitte einer Bank saß, um sie so für andere quasi zu sperren. Die Rentner schauten den Passanten zu. Klar, wenn man den ganzen Tag nichts zu tun hat, dann ist eine solche schöne Bank das Highlight des Tages. Ich konnte mir im Geiste so richtig ausmalen, wie morgens früh ein richtiger Streit um die besten Bänke stattfinden konnte. - Okay, meine Gedanken waren böse; aber Spaß machte die Vorstellung doch.

Doch die Rache folgte wenige Minuten später.

Als Olga kam, begrüßte sie mich wie üblich mit ihrem strahlenden Lächeln. Dann gingen wir los. Olga erzählte von der Entdeckung immer neuer Elementarteilchen und ich hörte ihr interessiert zu. Deshalb achtete ich kaum auf meine Umgebung.

„Marc!"

Plötzlich hörte ich diesen lauten Ausruf und schaute nach vorne und sah, ich konnte es kaum glauben, Maria direkt vor mir stehen.

„Scheiße", dachte ich, „warum habe ich nicht daran gedacht, dass Maria gerne in Bergedorf shoppen geht?"

„Ich dachte du bist von der Firma aus in Süddeutschland",
begann Maria. Sie sah zunächst ziemlich überrascht aus,
dann änderte sich ihr Gesichtsausdruck aber schnell in Wut.
Ich konnte schon immer ihre Mimik sehr gut deuten.
„Warum hast du dich kaum gemeldet und nicht auf meine
Nachrichten und Anrufe reagiert? Als deine quasi Verlobte
erwarte ich das! - Und wer ist diese Frau?"

„Das ist Olga."

„Und was machst du mit ihr hier?"

Offenbar begann gerade ein Verhör, dessen Ziel ich nicht
verstand, das aber nur in Ärger mit Maria enden konnte.
Und ich hatte jetzt keine Lust darauf, dass Maria mir hier
eine Szene machte. Also antwortete ich wortkarg: „Gehen."

„Aha, du gehst mit ihr."

Leider verstand ich in dem Moment das von Maria vermutlich bewusst eingesetzte Wortspiel nicht. Das war ein gigan-
tischer Fehler, denn ich antwortete mit einem klaren ‚ja'.

„Und was hat sie, was ich nicht habe?"

In dem Augenblick muss bei mir eine Sicherung durchge-
brannt sein, denn ich antwortete spontan: „Sex mit ihr macht
unheimlich viel Spaß."

Natürlich stimmte das nicht. Ich hatte nichts mit Olga. Aber
ich konnte in dem Augenblick irgendwie nicht anders. Ich
verstehe immer noch nicht, welcher Teufel mich damals
geritten hatte.

Ich schaute auf Olga und sah, dass sie grinste. Typisch
Olga. Aber dann änderte sich ihr Gesichtsausdruck ganz
plötzlich und zeigte etwas wie Angst oder Bestürzung. Ich

verstand diesen abrupten Wechsel erst, als ich wieder auf Maria schaute. Maria war blass, ihre Augen aufgerissen mit starrem Blick, und ihr Mund schien nach Luft zu schnappen, so wie ein Fisch auf dem Trockenen. Dann sackte Maria im Zeitlupentempo zusammen. Olga war einen Schritt nach vorne gespurtet und versuchte sie noch aufzufangen, aber es war schon zu spät. Maria lag am Boden.

Währen ich noch starr vor Schreck daneben stand, hatte sich Olga bereits auf den Boden gekniet, Maria auf den Rücken gelegt und begann ihre Beine nach oben zu heben.

„Ruf den Unfallwagen", rief sie mir zu," eins-eins-zwei!"

Ich tat, wie mir aufgetragen. Dabei stellte ich mich vor Nervosität nicht sehr geschickt an. Ich hatte doch die 5 W´s gelernt: Wo, was, wie, welche Verletzung und warten auf Rückfragen. Aber in diesem Moment war bei mir alles weg. Nur Leere. Aber glücklicherweise verstand der Feuerwehrmann in der Notrufzentrale sein Geschäft. Dann kniete ich mich neben Olga und nahm Marias Hand.

„Schock", sagte Olga, „sie wird sich sicher gleich wieder erholen."

Und als wenn das eine Anweisung an Maria gewesen wäre, begann sie wieder normal zu atmen und ihr Blick wurde wieder natürlich. Aber dafür fing sie an zu stöhnen.

„Vielleicht hat sie sich beim Sturz etwas getan. Deshalb ist es besser, dass der Unfallwagen kommt und sie im Krankenhaus noch einmal untersucht wird."

Es schien eine Ewigkeit zu dauern, bis der Rettungswagen kam. Obwohl es Maria zu dem Zeitpunkt schon wieder gut ging, legten die Rettungssanitäter sie auf die Trage und fuhren mit ihr ins Krankenhaus. Ich begleitete Maria auf dem Weg dorthin. Ich wollte im Rettungswagen ihre Hand halten, aber sie zog diese schnell weg und an sich.

Um es vorwegzunehmen. So sehr ich mich später noch bemühte, die Sache richtig zu stellen, meine Beziehung zu Maria war beendet. Ich glaube allerdings, dass Maria selbst nicht so war, sondern dass ihre Eltern auf eine Trennung bestanden hatten. Egal wie, ich hatte es mit Maria total vermasselt.

Kapitel 23 – Olgas Abschied

Ich saß einige Stunden im Wartesaal des Unfallkrankenhauses Boberg und wartete auf eine Nachricht der Ärzte, die Maria untersuchten. Wenn ich aus dem Wartesaal heraus und ans Fenster ging, dann sah ich Segelflugzeuge am Himmel, meine Kumpel, die das gute Wetter ausnutzten. Und ich saß hier.

Irgendwann erfuhr ich, dass mit Maria alles in Ordnung sei. Aber Maria wollte mich nicht sehen oder sprechen. So fuhr ich mit einem schlechten Gewissen nach Hause. Äh, natürlich nicht nach Hause, sondern zu Olga.

Wenn ich davon ausgegangen war, dass dieser beschissene Tag nicht mehr schlimmer werden konnte, dann sollte ich noch eines Besseren belehrt werden. Als ich mit dem Zweitschlüssel in Olgas Wohnung kam, war sie nicht wie erwartet in der Arbeit, sondern saß am Tisch. Vor ihr stand eine fast leere Flasche, die ich als Wodkaflasche identifizierte. Daneben stand ein halbvolles Glas. Als Olga mich bemerkte, schaute sie mich an, und ich bemerkte ihre roten Augen und die verlaufene Wimperntusche. Offenbar hatte sie geweint. Ich ging zu ihr und legte meine Hand auf ihre Schulter.

„Olga, was ist denn passiert?"

„Mein Bruder ist tot."

„Es tut mir leid, wirklich leid. Möchtest du reden?"

„Nein, heute nicht. Lass mich bitte jetzt alleine. Du kannst in der Wohnung bleiben, aber lass mich alleine. Morgen würde ich gerne mit der sprechen. Aber nicht jetzt."

Ich verstand damals diese merkwürdige Reaktion nicht. Aber ich ließ Olga in Frieden und legte mich auf die Coach. Irgendwann schlief ich ein und wachte dann in der Nacht durch würgende Geräusche auf, die darauf schließen ließen, das Olga die Kloschüssel umarmte. Na, wenigstens soll Wodka angeblich keinen Kater hinterlassen.

Als ich am nächsten Morgen aufwachte, war Olga schon aufgestanden und hatte begonnen, das Frühstück vorzubereiten. Abgesehen davon, dass sie mehr oder weniger schwarz gekleidet war, war alles wie sonst auch. Beim Frühstück war Olga allerdings sehr wortkarg und ich hielt mich zurück. Doch plötzlich schaute sie mich an.

„Ich möchte heute mit dir Schwimmen gehen. Pack deine Badehose ein, wir fahren nach dem Frühstück mit dem Bus an den Hohendeicher See."

Ich verstand diesen plötzlichen Sinneswandel überhaupt nicht. Wenn das aber Olga irgendwie helfen konnte, dann wollte ich das gerne tun.

„Im Prinzip gerne. Allerdings habe ich keine Badehose dabei. Aber vielleicht kann ich einen meiner schwarzen Slips nehmen, der sieht fast wie eine Badehose aus."

„Ich kann dir auch gerne ein Bikiniunterteil von mir leihen", bot Olga grinsend an. Aber da war mir mein Slip doch lieber als so ein Miniding."

Die Fahrt mit dem Bus hatte einige Zeit gedauert, während der Olga ziemlich still neben mir gesessen hatte. Obwohl es trotz der fortgeschrittenen Jahreszeit noch angenehm warm war, war an dem kleinen Strand nur ein älteres Ehepaar mit zwei kleinen Kindern, vermutlich ihre Enkel. Olga zog sich sofort aus und ging mit dem Bikini, den sie bereits zuhause angezogen hatte, ins Wasser. Sie blieb im hüfttiefen Wasser stehen, mit dem Rücken zum Strand. Ich folgte ihr, stellte mich vor sie, und schaute sie an. Es fiel mir sofort auf, dass etwas nicht stimmte.

„Was ist los Olga?"

„Einer der Gründe, warum ich hierher gekommen bin, ist, weil ich mit dir ungestört reden wollte. Halte mich nicht für paranoid, aber es könnte sein, dass ich in meiner Wohnung belauscht werde."

Ich sah sie entsetzt an.

„Nein, keine Angst, es sind keine Spanner. Höchstens Abhörmikrofone. Aber nun lass uns ernst bleiben. - Marc ich habe dich strenggenommen nie belogen, aber ich habe dir auch nicht die ganze Wahrheit gesagt."

Ich merkte, dass ihr das, was sie mir jetzt mitteilen wollte, offenbar nicht leicht viel.

„Mein Bruder war in einem Lager. So ein Lager ist in meiner Heimat nicht so bequem wie hier ein Gefängnis, sonder etwas ganz schreckliches. Und der Aufenthalt dort kann mehr oder weniger unerträglich sein, und unter Umständen so unerträglich, dass Gefangene lieber Selbstmord begehen, was dort aber nicht ganz einfach ist. Ich habe meinen kleinen Bruder sehr geliebt und wollte ihm den Aufenthalt dort etwas erträglicher machen. Deshalb habe ich für mein Land hier ab und zu eine Gefälligkeit geleistet. Und jetzt ist mein Bruder tot."

Ich sah, wie Tränen über ihre Wangen liefen.

„Ich weiß nicht wann oder wie er gestorben ist, nur das er tot ist. Meine Eltern haben das aus einer zuverlässigen Quelle erfahren und es mir geschrieben. Den Brief haben sie jemanden mitgegeben, der ihn dann in Österreich in die Post gegeben hat. Wenn meine Eltern nicht zufällig von dem Tod erfahren hätten, dann hätten mich diese Schweine noch in dem Glauben gelassen, dass er lebt. Damit ich weiter für sie arbeite, verstehst du?"

„Olga du weißt, dass mir das mit deinem Bruder sehr leid tut."

„Marc, ich weiß. Aber lass mich jetzt bitte erst einmal zu Ende reden. Also, meine Eltern wollen, dass ich mich sozusagen räche. Sie schreiben, dass sie alt sind und ein erfülltes Leben gehabt haben und sowieso nur noch auf den Tod warten. Es ist ihnen deshalb egal, wann und wie er kommt. Aber sie möchten, dass ich ein normales Leben führe und die Familientradition fortführe. Sie möchten, dass ich in Freiheit lebe."

Dann schaute sie nach unten aufs Wasser.

„Marc, unser Zusammentreffen war nicht zufällig. Ich hatte den Auftrag gehabt, einen Kontakt zu dir aufzubauen."

Olga schaute mich danach fest an und wartete ganz offensichtlich darauf, wie ich reagieren würde.

Ich war verwirrt. Was ich erfuhr, hätte mich in Wut versetzten sollen. Aber auf der anderen Seite konnte ich nachvollziehen, warum Olga so gehandelt hatte. Was hätte ich in einer solchen Situation gemacht? Also nickte ich nur.

„Marc, kannst du dir vorstellen, was sich meine Eltern von

mir wünschen?"

„Ich glaube, so ganz grob."

„Sie wollen dass ich Schluss damit mache. Dafür nehmen sie in kauf, dass sie leiden müssen. Und auch wenn mir dieser Gedanke schrecklich weh tut, werde ich das machen. Ich werde morgen früh zu den Behörden gehen und ihnen von mir erzählen. Und zwar ausführlich über **alles** reden. Ich werde dabei daran denken, was die meinem Bruder angetan haben. Das wird mir die Kraft geben."

Nach einer Pause fuhr Olga fort: „Es kann gut sein, dass ich ins Gefängnis muss."

Ich konnte immer noch nichts sagen und nickte nur. Deshalb sprach Olga nach einer kleinen Pause weiter: „Marc, du musst heute noch bei mir ausziehen. Ich möchte nicht, dass du unnötig mit hineingezogen wirst."

„Olga, natürlich ziehe ich aus. Ich finde es gut, dass du mir das alles erzählst, aber warum machst du das? Du hättest das doch auch verschweigen können und mich aus irgendeinem anderen Grund zum Auszug bewegen können."

„Weil ich dich sehr mag und ich nicht möchte, dass du schlecht von mir denkst. Und glaube mir, es tut mir unendlich leid, was ich dir alles angetan habe. Du bist jetzt ohne Job, ohne Verlobte und kannst nicht mehr in deine Wohnung zurück. Marc, es tut mir so unendlich leid." Dann begann Olga hemmungslos zu weinen.

Ich nahm sie in die Arme, drückte sie fest an mich, und streichelte sie. Es dauerte eine ganze Weile, bis sie sich einigermaßen beruhigt hatte. Ich möchte nicht wissen, was das ältere Ehepaar, das die Szene interessiert beobachtete, dabei dachte.

Dann ging Olga plötzlich einige Schritte vorwärts und begann zu schwimmen. „Komm, der Tag ist viel zu schön um ihn nicht zu nutzen." Das war die wahre Olga, die das Leben in jeder Situation genoss.

Wir schwammen ein großes Stück in Richtung des anderen Ufers mit dem Campingplatz und wieder zurück. Außer einigen Wasservögeln, denen wir erstaunlich nahe kommen konnten, waren wir ganz alleine auf dem großen See. Schließlich gingen wir wieder an den Strand, trockneten uns ab, und zogen uns an. Olga war es wieder, die die Stille zwischen uns schließlich unterbrach.

„Wenn ich Kummer habe, dann fahre ich häufig hierher", sagte Olga. „Im Sommer sind hier viele Leute, die grillen, trinken und feiern. Und viele Kinder, die im Sand spielen oder im Wasser plantschen. Und wenn man ein größeres Stück auf den See hinausschwimmt, dann ist man weitgehend alleine. Aber heute kann ich trotzdem nicht meinen großen Kummer vergessen.

Der kurze weitere Aufenthalt und die Rückfahrt verliefen weitgehend wortlos. In Olgas Wohnung angekommen, packte ich meine Sachen. Währenddessen holte Olga eine fast leere Flasche Wodka und zwei Gläser aus dem Schrank, stellte die Gläser auf dem Tisch, und verteilte den Alkohol gleichmäßig auf beide Gläser. Dann blieb sie neben dem Tisch stehen. Ich wusste nicht, was sie jetzt von mir erwartete. Sollte ich den Wodka trinken und das Glas an der Wand zerschmettern? Oder erwartete sie, dass ich sie zum Abschied küssen würde? Manchmal, so wie jetzt, blieb Olga mir ein Rätsel. Sie stand nur stumm dar.

Also folgte ich meinem Bauchgefühl. Ich nahm eines der Gläser und als Olga das andere nahm, stieß ich mit ihr an.

„Auf dass wir uns eines Tages wieder sehen", unterbrach ich die Stille. „Es war eine sehr schöne Zeit mit dir gewesen."

Dann trank ich den Wodka in einem Zug aus, stellte das Glas zurück auf den Tisch, und eilte aus der Wohnung. Ich wollte nicht, das Olga die Tränen in meinem Gesicht sah.

Kapitel 24 – Noch einmal Besuch bei mir

Ich war zunächst in ein kleines Hotel in Bergedorf einge-
zogen. Das würde ich mir aber nicht lange leisten können,
und deshalb wollte ich versuchen, bei einem meiner
Kollegen vom Segelflugverein Boberg unterzukommen.
Doch das brauchte Zeit.

Ich hatte aber erst einmal ein anderes Problem: Irgendwie
hatte ich vergessen meinen Laptop aus meiner Wohnung
mitzunehmen. Deshalb ging ich abends noch einmal dorthin
um ihn zu holen. Dieses Mal beobachtete ich die Umgebung
nur ganz kurz, weil ich keine regelmäßige Überwachung
mehr erwartete. Und auch an Frau Göthe kam ich unge-
sehen vorbei.

Der Laptop stand weder an seinem Platz, noch an anderen
Orten, wo ich ihn manchmal hinstellte, das war eigenartig.
Doch wurden meine Gedanken durch ein Klingeln an der
Wohnungstür gestört. Was sollte das bedeuten? Ich machte
das Licht im Wohnzimmer aus, ging zum Fenster und
drückte meinen Kopf schräg dagegen. Ich konnte zwar nicht
ganz zur Haustür schauen, aber den Bereich davor sehen.
Nichts. Entweder befand sich derjenige sehr dicht an der
Haustür oder er stand bereits oben vor meiner
Wohnungstür. Deshalb schlich ich leise zu meiner
Wohnungstür und lauschte. Es war nichts zu hören. Leider
hatte ich keinen Spion, wie Frau Göthe, und konnte deshalb
auch nicht ins Treppenhaus schauen ohne die Tür zu
öffnen. Und ich hatte im Moment keine Lust dazu, auf
Fremde zu Treffen. Ich musste wieder an die Methode mit
dem Hintern auf der Herdplatte denken. Komisch, dass ich
mich genau in diesem Augenblick an diese Schilderung
erinnerte. Ich hatte zwar einen Herd mit Induktionsplatten,

aber kreative Personen würden sich auch hierfür eine Lösung einfallen lassen.

So wartete ich einige Zeit an der Wohnungstür, aber es war überhaupt nichts zu hören, wenn man einmal davon absah, dass die Nachbarin über mir wieder einmal ihren Mann anbrüllte. Schließlich hielt ich es nicht länger aus. Ich schaltete das Licht aus, öffnete mutig meine Wohnungstür einen kleinen Spalt weit und schaute hinaus. Im Halbdunkel des Treppenhauses war nichts Besonderes zu sehen. Selbst als ich die Tür noch etwas weiter öffnete und den Kopf hindurch steckte, um um die Ecke zu schauen, änderte das nichts. Also schloss ich die Tür wieder und suchte weiter nach meinem Laptop, auch wenn meine Gedanken teilweise andere Wege gingen. Das mit dem Klingeln war doch zu eigenartig gewesen.

Alles Suchen nützte nichts. Mein Laptop und auch die USB Platte mit den Datensicherungen blieben unauffindbar. So langsam dämmerte es mir, was der Einbrecher, den Frau Göthe gesehen hatte, in meiner Wohnung gewollt hatte. Er hatte meinen Laptop und die Datensicherungen mitgenommen. Erstaunlich, das Frau Göthe *das* nicht mitbekommen hatte.

Noch bevor ich vollends beschlossen hatte, wieder zu verschwinden, hörte ich Geräusche an meiner Wohnungstür. Also doch! Leise schlich ich wieder in den Flur und lauschte. Ich hörte weiterhin manchmal ein Schaben oder Kratzen und dann sogar leise Stimmen. „Okay", dachte ich, „jetzt versuchen sie einzubrechen!"

Ich überlegte, was zu tun wäre. Bis die Polizei nach einem Anruf käme, das würde viel zu lange dauern. Verstecken? Eventuell eine Option, aber extrem ungünstig, wenn sie mich finden würden. Da Überraschung und Angriff bekanntlich die beste Verteidigung sind, beschloss ich es damit zu versuchen. Inzwischen bemerkte ich, wie mein Herz schneller und deutlich fühlbar schlug. Es würde nichts nützen, wenn ich jetzt noch zögerte, ganz im Gegenteil. Also griff ich mit der linken Hand zum Lichtschalter und mit der rechten zur Türklinke. Dann drückte ich die Klinke schnell herunter und riss die Tür schwungvoll auf. Den Bruchteil einer Sekunde später schaltete ich mein Flurlicht ein und sah tatsächlich in die erschrockenen Gesichter eines Mannes und einer Frau. Ich wollte sie irgendwie anschreien, doch bevor ich damit angefangen hatte, brach ich noch ab. Vor mir standen ein Polizist und eine Polizistin.

„Äh", war alles, was ich zunächst herausbrachte.

Und auch die Polizisten brauchten offenbar einige Sekunden, bis sie sich wieder gefangen hatten. „Sind sie der Wohnungseigentümer?", fragte der Polizist schließlich.

„Ja", antwortete ich.

„Darf ich einmal ihren Personalausweis sehen?"

„Einem Moment, ich hole ihn." Ich ging zu meiner Jacke, die an der Garderobe hing und nahm mein Portemonnaie aus der Jackentasche. Ich konnte mir vorstellen, wie die Polizisten jede meiner Bewegungen argwöhnisch beobachteten. Ich nahm den Ausweis aus der Brieftasche und reichte ihn hinüber. Der Polizist prüfte ihn und gab ihn mir zurück.

„Ja, in Ordnung. Es tut mir leid, wenn wir sie erschreckt haben. Aber ein Nachbar hat bei uns angerufen, weil sie längere Zeit verreist sein wollten und er verdächtige Geräusche in ihrer Wohnung gehört hatte. Er meinte, dass in ihrer Wohnung vor kurzem schon einmal eingebrochen worden wäre und auf sein Klingeln hätten sie nicht reagiert. - Auch wenn alles in Ordnung ist, sollten sie sich freuen, dass sie so aufmerksame Nachbarn haben."

Ich musste sofort an Frau Göthe denken. Ich konnte mir auch so richtig vorstellen, wie die etwas ängstliche Dame all ihren Mut zusammen genommen hatte, bei mir geklingelt hatte, und danach schnell wieder in ihre Wohnung verschwunden war um durch ihren Türspion zu beobachteten, wer die Tür öffnete. Und ich mit meinem Verfolgungswahn hatte ihr nicht die Möglichkeit gegeben, mich zu erkennen. Und jetzt erinnerte ich mich auch wieder daran, dass ich ihr beim letzten Zusammentreffen ja gesagt hatte, dass ich für längere Zeit verreisen würde. Ich möchte nicht wissen, was geschehen wäre, wenn ich mit einer Waffe in der Hand plötzlich vor den Polizisten gestanden hätte. Ich hatte schon mit dem Gedanken gespielt, das große Küchenmesser mit an die Wohnungstür zu nehmen.

„Ja, ganz gewiss", antwortete ich. „Ich war ja auch weg gewesen, aber plötzlich hat sich alles völlig anders ergeben. Tut mir leid, wenn ich diesen Einsatz provoziert habe."

„Ist schon in Ordnung. Dafür sind wir ja da. Und zurzeit wird in dieser Gegend sehr viel eingebrochen. Einen schönen Abend noch."

Damit gingen die Polizisten. „Gleichfalls und vielen Dank", rief ich ihnen hinterher.

Na da hatte Frau Göthe, die sicherlich alles durch ihren Türspion beobachtete, aber was geboten bekommen. In der Folgezeit ist sie mir offenbar aus dem Weg gegangen, und ich habe sie auch nie auf diesen Vorfall angesprochen, schließlich hat sie es ja nur gut gemeint.

Kapitel 25 – Kommissar Heise

Jetzt, wo Olga einen Schlussstrich unter ihr bisheriges Leben zog, gab es auch für mich keinen Grund mehr, nicht reinen Tisch zu machen. Und genau wie Olga, war mir eine wahrscheinliche Bestrafung egal. Hauptsache war, dass ich zukünftig wieder frei und mit einem reinen Gewissen leben konnte. Also nahm ich am nächsten Morgen die Telefonnummer von Kommissar Heise, die Olga mir vorsorglich gegeben hatte, und wählte schließlich die Nummer. Und das, obwohl mein Bedarf an Polizei seit dem gestrigen Abend für längere Zeit gedeckt gewesen war.

„Ja, hallo", meldete sich eine dunkle, etwas knarrende Stimme am anderen Ende der Leitung.

„Hallo, hier ist Marc Brenner. Spreche ich mit Kommissar Heise?"

„Ja." Mehr kam nicht.

Als mir die Pause zu lang wurde, fuhr ich fort. „Ich habe ihre Telefonnummer über eine Bekannte erhalten. Ich habe nämlich ein Problem."

„Das ist schlecht."

„Und ich hoffe, dass sie mir helfen können."

„Das hängt davon ab."

„Mein Gott, ist der Mann wortkarg", dachte ich, „der muss aus Ostfriesland stammen." Deshalb fuhr ich wieder mit dem Gespräch fort: „Ich habe mich selber durch eine Dummheit in eine Sache hineingezogen und jetzt werde ich verfolgt." Und wieder kam keine Antwort, so dass ich nach einer Weile fortfuhr. „Ich würde gerne ausführlich mit ihnen darüber sprechen, geht das?"

„Ja, am besten ist es, wenn sie hier ins Polizeipräsidium nach Alsterdorf kommen. Es ist das große sternförmige Gebäude an der Hindenburgstraße."

„Ich kenne es. Wann passt es Ihnen? Geht es schon heute?"

„14:00 Uhr?"

„Gerne. Ich werde Punkt zwei Uhr bei ihnen sein."

„Gut." Dann legte er auf.

Irgendwie hatte Kommissar Heise es geschafft, dass ich ihm alles erzählt hatte, ohne, dass er eine Frage gestellt, oder irgendetwas von sich gesagt hatte. Er hat da offenbar eine eigenartige, aber sehr effektive Methode.

Ich fuhr rechtzeitig mit öffentlichen Verkehrsmitteln los, und ging schließlich die wenigen Hundert Meter von der U-Bahn Station Alsterdorf zu Fuß zum Polizeipräsidium. Rechts führte eine kleine Seitenstraße zum Gebäude, das aus einem ringförmigen Kern und zehn seitlichen Flügeln besteht. einem Polizeistern ähnlich.

Der Weg zum Eingang führte an einem kleinen Dienstparkplatz vorbei, auf dem ein Leichenwagen parkte. Das war schon irgendwie makaber. Dann ging es nach rechts, viele Treppenstufen empor auf einer Art Brücke. Von dort sah ich in einigen Meter vor mir die großen gläsernen Eingangstüren und darüber in großen Leuchtbuchstaben 'Polizeipräsidium'.

Ich ging durch eine der Automatiktüren und kam in eine Halle. Am hinteren Ende befanden sich mehrere gläserne Personenschleusen. Links war ein Informationstresen, der jedoch nicht besetzt war. Aber ich sah sofort, wo ich hin musste. Denn links hinten standen ein knappes Dutzend Personen in einer Schlange. Also stellte ich mich an und beobachtete das Prozedere. Vor dem ersten in der Schlange befand sich ein türrahmenartiger Metalldetektor, so wie sie auch auf Flughäfen zu finden sind. Dahinter war eine wohl vier mal zweit Meter große Personenschleuse mit 3 aus der Ferne bedienbaren Schiebetüren, eine vorne, eine hinten und eine an der rechten Seite. Die linke Seite dieser Schleuse bildete eine Wand mit einem Fenster zu einem Nebenraum in der Mitte. Dieses Fenster hatte eine dicke, vermutlich schusssichere Scheibe. Wenn die Personenschleuse leer war, wurde die vordere Schiebetür geöffnet und die nächste Person in der Schlange konnte durch den Metalldetektor eintreten. Dann wurde diese Person 'bearbeitet' und verließ später die Schleuse durch die hintere Tür.

Das 'Bearbeiteten' der Personen dauerte mehr oder weniger lange. Deshalb hatte ich viel Zeit die Leute vor mir zu betrachten. Einige sahen ganz normal aus und andere sahen so aus, wie man sich Gangster oder Zuhälter vorstellt. Aber solche Leute sehen doch nicht wie das Klischee aus, oder?

Es dauerte fast eine Stunde, bis ich endlich dran war. Ich trat in die Schleuse ein und wurde über eine Sprechanlage aufgefordert meinen Personalausweis in eine Schublade zu legen, die dann in den Nachbarraum gezogen wurde. Dort wurden mein Ausweis weitergereicht und offenbar meine Personalien an einem PC kontrolliert. Über die Sprechanlage wurde ich dann über mein Anliegen gefragt. Als ich sagte, dass ich zu Kommissar Heise wollte, wurde dieser offenbar daraufhin angerufen. Endlich erhielt ich über die Schublade einen Besucherausweis und den Hinweis, hinter der Schleuse auf Kommissar Heise zu warten. Danach öffnete sich die hintere Tür.

Nach einigen Minuten kam ein Herr mittleren Alters auf mich zu und sprach mich an.

„Sie sind bestimmt Herr Brenner."

Ich nickte. Der Kommissar war groß und schlank, hatte graue Haare und war mit Jeans und offenem Hemd recht leger gekleidet.

„Sie sind aber deutlich zu spät", sagte Kommissar Heise mit einem nicht zu versteckenden Grinsen. „Aber das bin ich gewohnt. Wenn sie das nächste Mal kommen, dann rufen sie mich bitte mit ihrem Handy aus der Eingangshalle an. Ich kann die Prozedur etwas abkürzen."

Kommissar Heise führte mich durch das Gebäude bis zu seinem Büro, schloss auf und bat mich hinein.

„Wir müssen hier sehr vorsichtig sein, denn in diesem Gebäude befinden sich unter den Besuchern auch dunkle Gestalten. Und wenn so jemand schon andere bestiehlt, dann macht er das am liebsten bei einem Polizisten. - Darf ich ihnen einen Kaffee oder notfalls auch Tee anbieten?"

Während ich dem Kommissar die Ereignisse erzählte, machte er sich gelegentlich Notizen und stellte einige wenige Fragen. Als ich fertig war, sah er mich eine Zeitlang stumm an.

113

„Sie wissen sicherlich", begann er schließlich, „dass sie eine strafbare Tat begangen haben?"

„Ja, aber das ist mir egal. Äh, ich meine ich will dafür ja auch einstehen. Was ich getan habe, das habe ich getan." Auch wenn ich mich ziemlich blöde ausgedrückt hatte, verstand der Kommissar wahrscheinlich, was ich meinte, denn er nickte.

„Sie haben sich aus freien Stücken selbst belastet. Wollen sie sich lieber einen Anwalt nehmen?"

„Später vielleicht, aber im Moment noch nicht. Ich möchte erst die ganze Sache geklärt haben. Das ist mir wichtiger."

Der Kommissar grinste. „Genauso habe ich sie eingeschätzt. Dann lassen sie uns jetzt gleich Nägel mit Köpfen machen."

Ich nickte.

Der Kommissar stand unvermittelt auf. „Kommen sie, wir fahren jetzt zusammen zu Aertoys. Da ich bei ihnen bin, kann ihnen dort niemand den Kopf oder ein anderes Körperteil abreißen."

Wir fuhren mit dem Fahrstuhl in den Keller. Ich war über die Garage dort erstaunt. Das gesamte Gebäude wird ringförmig von einer Art Schutzwall umgeben, ähnlich wie die Mauer um eine Burg herum, aber breiter. Und unter diesem Wall befanden sich Parknischen. Jetzt verstand ich auch, warum man über Treppenstufen und eine Brücke zum Eingang gehen musste.

Der Kommissar ging auf einen gelben Lamborghini zu. Ich staunte nicht schlecht.

„Ich genieße das Privileg, dass ich hier unten parken darf. Aber das ist leider nicht mein Dienstwagen, sondern ein konfisziertes Auto von einem Zuhälter. Meiner steht ein Stückchen weiter hinten."

„Schade, ich wäre gerne mit dem mitgefahren", sagte ich, wobei ich wohl einen roten Kopf hatte, weil ich auf das Spiel des Kommissars so plump hereingefallen war. Aber sein BMW war auch nicht schlecht.

Als wir vor Aertoys angekommen war, fiel mir sofort das große Schild ‚Zu vermieten' auf dem Grundstück auf. Nachdem wir ausgestiegen waren, klingelte ich, aber nichts geschah.

„Vermutlich sind die ausgeflogen", meinte der Kommissar. Man kann von hier aus nicht viel durch die Fenster sehen, aber es sieht für mich leer aus."

„Moment, ich habe eine Idee."

Ich nahm mein Handy und rief Fred in der Hoffnung an, dass er auch dieses Mal zumindest kurz mit mir sprechen würde. Und ich hatte Glück. Von ihm erfuhr ich, dass er und alle Kollegen ganz kurzfristig sehr hohe Abfindungen bekommen würden, wenn Sie sofort kündigten. Dem konnte niemand widerstehen. Damit war das Kapitel Aertoys abrupt zu Ende.

115

Kapitel 26 – The End

Auch für mich war somit das Kapitel Aertoys Vergangenheit, und da Kommissar Heise mir versichert hatte, dass ich von dort aus wohl nichts mehr zu befürchten hatte, wohnte ich wieder in meiner Wohnung und suchte mir eine andere Arbeit. Somit war es mit dem Segelfliegen auch wieder mehr oder weniger vorbei. Das Leben nahm seinen tristen Trott an. Keine Höhepunkte, alles nur Routine.

Etwas über ein Jahr später erhielt ich eine SMS von einem unbekannten Absender auf mein Smartphone:

„Hi Marc, ich bin in der nächsten Woche in Hamburg. Wollen wir uns treffen? LG Olga"

Ich kannte nur eine Olga und die hatte damals eine andere Handynummer gehabt. Sollte dieses eine Falle sein?

Wenn es aber *die* Olga war, dann gab es wenig, was ich lieber täte. Ich wollte das überprüfen und schrieb deshalb eine SMS zurück:

„Sehr gerne! Sag mir aber, welche Farbe meine Badehose hat?"

Prompt kam die Antwort:

„Keine Ahnung, aber deine Unterhose ist schwarz."

Korrekte Antwort. Ich hatte damals am See eine schwarze Unterhose an, die wie eine Badehose aussah. Es war Olga. Freudig schrieb ich zurück:

„OK. Passt dir Dienstag?"

„Gerne. Wann und wo?"

„19:00 Uhr da, wo du damals gearbeitet hast?"

„Nicht im Lavastein! Sonst wo du willst."

„Parga in der Lohbrügger Landstraße, ein Grieche, ein Familienbetrieb."

„Gerne, ich freue mich darauf. Hoffentlich bist du nicht zu überrascht."

Die letzte Bemerkung hatte ich zu dem Zeitpunkt noch nicht verstanden.

Ich freute mich schon auf Olga und war deshalb viel zu früh im Restaurant. Es war nur ein älteres Ehepaar dort, offenbar Griechen. Also setzte ich mich an einen Tisch, schräg gegenüber dem Eingang. So hatte ich alle Ankommenden sofort im Visier. Ich schaute nervös auf die Uhr, denn es war schon viertel nach sieben und von Olga war immer noch nichts zu sehen. Dann betrat eine junge Frau das Restaurant, wieder nicht Olga. Sie sah Olga zwar ähnlich, trug aber eine Brille und war schlanker. Außerdem hatte sie kurze dunkle Haare und trug ein modisches Kleid. Olga hatte früher stets Jeans oder Miniröcke und T-Shirts getragen.

Ich war verwundert, als diese junge Frau freudig lächelnd auf mich zuging.

„Hallo Marc", sprach sie mich an.

Und diese Stimme mit dem leichten harten Akzent kam mir sehr bekannt vor. „Olga?", fragte ich irritiert.

„Ja, aber du hast recht, ich habe mich verändert."

Und dann erzählt Olga, dass sie eine vollkommen neue Identität bekommen hatte. Sie hatte einen neuen Namen, neue Papiere und wohnte in einer anderen Stadt. Die Brille war sehr schwach, nur -0,25 Dioptrien, und sie brauchte sie eigentlich nicht. Aber die gehörte zu ihrer neuen Identität. Und da sie jetzt mehr Sport trieb, hatte sie abgenommen. - Die neue Olga sah noch attraktiver aus.

„Weißt du", sagte sie, „ich habe auch sämtliche Verbindungen zu Personen, die ich kannte gekappt. Selbst zu meinen Eltern. Wenn meine neue Identität nicht standhält, dann kann das für mich tödlich sein. Es gibt nur genau eine Ausnahme: Ich konnte nicht widerstehen, Kontakt mit dir aufzunehmen. Deshalb wollte ich auch nicht ins Lavastein. Jemand könnte mich dort erkennen."

„Kein Kontakt mehr zu deinen Eltern? Ich meine, es sind doch schließlich deine Eltern!"

„Ja, das tut besonders weh. Weißt du, du kannst mit mir über alles sprechen, außer über meine Vergangenheit. Die Erinnerung daran ist teilweise unerträglich schmerzlich. Deshalb habe ich gelernt, diese einfach zu ignorieren. Außerdem habe ich jetzt eine neue Vergangenheit, und ich habe meine neue Vergangenheit auch brav auswendig gelernt. Möchtest du *die* abfragen?"

Der Chef kam, um unsere Getränkebestellung auf zu nehmen, und ich bestellte eine Flasche Retsina für uns beide. Olga hatte mir zuvor angeboten das Getränk zu wählen.

Nachdem wir, wie früher, über Gott und die Welt gesprochen hatten, und bereits bei der zweiten Flasche Wein angekommen waren, wurde Olga ernster.

„Nun erzähle einmal", begann sie, „wie ist es denn dir ergangen und was ist aus der Firma geworden, in der du gearbeitet hattest?"

Olga hatte diesen Sachverhalt nett formuliert. Aber vermutlich hing das auch damit zusammen, dass sie mit ihrer Vergangenheit komplett gebrochen hatte. Ich erzählte dann, wie mein Treffen mit Kommissar Heise verlaufen war.

„Ich war viel später noch einmal bei ihm im Polizeipräsidium gewesen. Er hat mir dann erzählt, dass sich Aertoys quasi in Luft aufgelöst habe. Herr Kommani und Ari waren offenbar gefälschte Identitäten. Auffällig war, dass beide unter derselben Adresse gemeldet waren. Aber dort wohnte niemand. Auch eine Fahndung hat nichts gebracht. Der Kommissar mein, dass die beiden wohl in einem anderen Land weiter machen. Deshalb habe ich auch von denen wohl nichts mehr zu befürchten. Und weil es außer meiner Selbstanschuldigung auch nichts zum Datendiebstahl gibt, kommt hier wohl auch nichts mehr auf mich zu. Von dieser Seite aus ist für mich alles bestens."

Ich trank noch einen Schluck, bevor ich zu einem anderen Punkt dieser Geschichte kam. „Die Sache mit dem Smartphone, das ich bei meinem ersten Besuch in meiner Wohnung gefunden hatte und welches ich für eine Falle gehalten hatte, hat sich im Nachhinein übrigens auch geklärt. Mein Freund Malte hatte es längere Zeit vorher verloren. Dass ich das Handy nicht früher in der Ecke neben dem Flurschrank bemerkt habe, deutet sicherlich darauf hin, dass ich meine Wohnung zu wenig putze. Es war ein altes Zweitgerät von Malte, der es ausschließlich zum Testen seiner programmierten Apps verwendete. Übrigens war es ausgeschaltet gewesen und der Akku deshalb noch voll.

Andernfalls hätte der sich Akku trotz der Zerstörung auch nicht selbst entzünden können. Dumm gelaufen. - Wenn man alles bezüglich dieser vermeintlichen Verfolgung zusammenfasst, habe ich wohl leider aus einer Mücke einen Elefanten gemacht. Hoffentlich habe ich mich vor dir nicht zu sehr blamiert."

„Nein, es ist doch gut, dass an der Sache weniger dran war, als wenn du in ernsthafte Schwierigkeiten gekommen wärest."

„Ja, auf jeden Fall. Ich hatte manchmal schon genug Muffensausen."

„Glaube mir, ich kenne das Gefühl auch. Aber wir wollen doch nicht mehr über die Vergangenheit sprechen. Was machst du jetzt?"

Ich erzählte von meinem langweiligen Job als Programmierer bei einem Spieleentwickler. Und Olga schilderte, dass sie hier war, um sich auf eine Stelle beim DESY, dem Deutschen Elektronen-Synchrotron, zu bewerben. So eine von der Deutschen Forschungsgemeinschaft finanzierten Stelle ist der Traum eines jeden Atomphysikers. Dann machte sie noch eine Anmerkung, über die ich noch in den nächsten Wochen nachdachte: dort würden auch Spitzen-Informatiker gesucht.

Es wurde noch ein sehr schöner Abend, bevor wir auseinander gingen. Irgendwie war die Welt jetzt wieder in Ordnung.

Manchmal muss ich noch an das kleine autonome Segelflugzeug denken, was wir bei Aertoys entwickelt hatten. Der

Gedanke, so etwas als Drohne einzusetzen war einfach genial. Es war billig in der Herstellung, nahezu lautlos und nicht auf dem Radar zu erkennen. Offen bleibt, von wem und wofür es eingesetzt werden sollte. Wurde es für eine Regierung entwickelt, sollte es an irgendwelche Armeen verkauft werden oder waren die Zielgruppen Terroristen oder Drogenbosse?

Auch ein weiterer Punkt wird wohl nie mehr geklärt werden: Woher wussten Olgas Auftragnehmer damals von dem Projekt bei Aertoys? Meine Vermutung ist, dass sie Herrn Kommani, Ari und wohl auch Elon -beziehungsweise die Personen, die hinter diesen Namen steckten- kannten und beobachteten. Unbestreitbar war ich dann die Person, die am bestgeeigneten war um an weitere Informationen zu kommen. Deshalb wurde Olga auf mich angesetzt. Und wenn sie dazu hätte einen Keil zwischen mich und Maria treiben müssen, dann wäre ihr als Frau das sicherlich leicht gefallen. Aber das hatte ich in meiner Blödheit damals ja schon selber erledigt.

Wie viel haben eigentlich staatlich Stellen davon gewusst?

Das Projekt war trotz allem schon irgendwie genial. Bei den Nachrichten in der Zeitung und im Fernsehen achte ich stets darauf, aber bisher wurden Segelflugzeug-Drohnen nie erwähnt.

Epilog

Soweit die Aufzeichnungen von Marc. Wie ich daran gekommen bin, möchte ich hier nicht offenlegen.

Sicherheitshalber für einen Haftungsausschluss: ‚Alle in diesem Buch geschilderten Handlungen und Personen sind frei erfunden. Ähnlichkeiten mit lebenden oder verstorbenen Personen sind zufällig und nicht beabsichtigt.'

Seit damals sind inzwischen drei Jahre vergangen. Olga ist im vierten Monat Schwanger und Marc freut sich schon ungemein auf das gemeinsame Kind. Olga hat die Stelle bei DESY bekommen und auch Marc arbeitet seit zwei Jahren dort. Für die beiden ist das Leben wieder ein Honigkuchen. - Allerdings hat Marc mit dem Segelfliegen inzwischen aufgehört, weil es aufgrund der vielen benötigten Zeit familienfeindlich ist. Aber dafür würde er die Zeit dem Kind widmen können, was sicher noch viel mehr Spaß macht.

Trotzdem, wenn ein Segelflugzeug am Himmel kreist, schaut er immer noch sehnsüchtig hoch.

Über gemeinsame Bekannte habe ich erfahren, dass es auch Maria gut geht. Sie hat inzwischen einen wohlhabenden Immobilienmakler geheiratet und wohnt in einem Haus mit Elbblick in Blankenese.

Und den Segelflugverein in Boberg gibt es natürlich noch immer.

Segelflugzeug-Cockpit (SZD-51)

Fliegen ist, wenn man es einmal gelernt hat, eigentlich nichts Besonderes. Für mich ist aber jeder Flug noch immer etwas ganz Besonderes.

Lust auf mehr?

Vom selben Autor sind im gleichen Verlag drei weitere Romane erschienen:

Tot in Bergedorf
Krimi um Computer und Betrug

Der Informatik Dozent Andrej arbeitet nebenher noch für Polizei und Geheimdienst. Als er in Bergedorf getötet wird, versuchen seine Freundin und ein zufällig beteiligter Student die Tat aufzuklären. Dabei stoßen sie auf weitere Verbrechen. Doch lässt sich das Puzzle um Andrej vollständig zusammenfügen?

Das Inselgen
Umweltkrimi

1992 - Auf der nordfriesischen Insel Föhr gibt es plötzlich unerklärliche Wahnsinnsanfälle. Professor Brunner, dessen Frau auch betroffen ist, wird in die Untersuchungen einbezogen. Das Profitstreben der Industrie sowie die Vogelstrauß Politik der Landesregierung scheinen zu einer globalen biologischen Katastrophe zu führen.

Nebenwirkungen: Tod
Kriminalroman

Absichtlich werden lebensgefährliche Nebenwirkungen eines neuen Antibiotikums vom Hersteller vertuscht. Aber nicht jeder Mitarbeiter, der davon weiß, will dieses decken. Das kann für sie gefährliche Folgen haben, denn schließlich geht es um viel Geld. So gibt es unerklärliche Unfälle. Sven, ein junger IT-Administrator, wird ungewollt darin verwickelt. Wer sonst hat etwas damit zu tun? Kann Sven Licht ins Dunkel bringen?